Das rot-weiß-rote Wolkenschiff

Das rot-weiß-rote Wolkenschiff

Märchen aus unserer Zeit
Herausgegeben von
Folke Tegetthoff

ORF
Österreichischer Bundesverlag, Wien
ÖBV

Gewidmet
den Menschen im Zeitalter
des Wassermanns

Umschlagentwurf: Violaine Porcher

Satz: Futura Buch 12/13 Punkt
Filmsatzstudio Raggl, Wien
Gedruckt auf holzfrei Werkdruck 100 g
Druck: Wiener Verlag, Himberg
ISBN 3-215-**06163**-5

INHALT

Zu diesem Buch

Als ich einem Kind erzählte, ich schreibe gerade ein „Vorwort“ zu diesem Buch, fragte es mich, was denn ein „Vorwort“ sei.
„Ein Vorwort . . . (ich war etwas unsicher geworden) . . . ein Vorwort soll ein bißchen in das Buch einführen, soll erklären und deutlich machen.“
„Wieso, ist das Buch nicht deutlich?“ bohrte es weiter.
2 : 0!
Wozu also wirklich so ein Vorwort?
Weil ich dachte, daß es schon ein eigenes Märchen ist, wie dieses Wolkenschiff überhaupt zustande kam. Und weil es für dieses Buch sehr wichtig ist, zu wissen, wer hinter diesen 50 Märchen steckt und wieso gerade diese Geschichten ausgewählt wurden.
Das Wolkenschiff ist das Ergebnis meines „Märchenaufrufes“ in der „WIR am Montag“-Sendung des ORF. Die Zuseher sollten sich ihrer Fantasie, ihrer kreativen Kräfte erinnern und versuchen, passives Konsumieren in aktives Schaffen zu wandeln. Dabei sollten nicht ewigjunge Prinzessinen, verhängnisvolle Wünsche und Altes in neuem Gewande aus der unerschöpflichen, meist verstaubten Märchenkiste hervorgeholt werden, die Menschen sollten sich eines Märchens des 20. Jahrhunderts bewußt werden. Unsere an Reizen aller Art übersättigte Zeit benötigt einen entsprechenden Gegenpol, wie alles in unserem Universum ein ausgleichendes Gegengewicht besitzt, um Harmonie herzustellen.
Was kann also ein Gegenspieler der ausschweifenden Fantasiemaschinerie, der perfekten Technik, die alles möglich, alles sichtbar macht, sein? Doch nur das Einfache, das, was wir mit unseren unersetzlichen Sinnen, mit Intuition, mit Sensibilität wahrzunehmen vermögen: die „wahren Märchen“, die unendlich vielen Wunder, die von Gewohnheit verhüllt werden. Wir müssen nur, wie der „kleine Prinz“ es

sagt, „mit dem Herzen sehen“ — dann werden auch wir wieder für Dinge empfänglich sein, die außerhalb der Gesetze und Systeme liegen, die man uns täglich vorsetzt.
1339 eingesandte Märchen und Geschichten sind wohl ein eindeutiger Beweis dafür, daß die Sehnsucht nach Worten, die von innen kommen, in dem Maß steigt, in dem unsere Welt von Videos, oberflächlichen Unterhaltungen und Freizeitrezepten überschwemmt wird.
1339 Menschen, die sich durch einen Aufruf in einer Fernsehsendung motivieren lassen, sich hinzusetzen, um von sich selbst, von ihrer Umgebung, von gewohnten Dingen in „märchenhafter“ Form zu erzählen, sind kein glücklicher Zufall: Es ist ein kleines, aber wichtiges Zeichen, wie das von vielen und zurecht verdammte Fernsehen neue Wege der Kommunikation erschließen könnte.
1339 Menschen, ohne die sich kein „rot-weiß-rotes Wolkenschiff“ geformt hätte, das nun versucht, auf möglichst viele einen fantasievollen „Regen“ herabnieseln zu lassen!
Es war eine harte Arbeit, aus diesen vielen, wunderbaren Einsendungen 50 Werke auszuwählen, die nun in diesem Buch gedruckt vorliegen. Es sind Märchen und Geschichten von Schülern, Hausfrauen, Angestellten, Arbeitern, Akademikern und Landwirten. Die jüngste Autorin ist noch keine neun, die älteste 85 Jahre! Sie wohnen in kleinen Dörfern und in Großstadtsiedlungen. Liest man ihre kurzen biographischen Angaben, deutet nichts auf eine Gemeinsamkeit hin. Doch dieses Buch zeigt, auf welcher Ebene diese so verschiedenen Menschen miteinander verbunden sind: durch eine Kraft, die Kreativität heißt, durch Mut, zu dieser Kraft zu stehen und sie ans Licht zu lassen, und durch Freude, andere an diesem Licht teilhaben zu lassen.
So konnte und wollte ich die vorliegenden 50 Werke nicht primär nach literarischen Kriterien auswählen. Alter, Beruf, die Umgebung, in der der Autor lebt, das Thema, das gewählt wurde, ergaben ein „Gefühlsbild“, das mir wichtiger erschien als ein „Literaturbild“. Eine 83jährige Dame, Bewohnerin eines Altersheimes, die von einer Begegnung mit ihrer Jugend erzählt, bringt in ihrer Geschichte die Problematik ihrer Generation so tief, so bescheiden zum Ausdruck, daß ich es fast ein „Dokument“ nennen möchte. Und die kurze Geschichte, in der ein kleines Mädchen aus einem Dorf mit kaum 100 Einwohnern mit einfachsten Worten eine wunderbare, klare Wahrheit beschreibt, konnte nicht mit dem Hirn, sondern mußte mit dem Herzen ausgesucht wer-

den. Der junge Mann, der im Spiegel des Märchens die Wirklichkeit in Form eines Badeofens erscheinen läßt, erfüllt (unbewußt?) eine der ursprünglichsten Funktionen des Märchens, wie wir es heute kaum noch kennen: die eines Mediums für Kritik an herrschenden Systemen, die eines politischen Sprachrohres.
Besonders glücklich bin ich über die „Folgen" eines Gastspieles in Braz (Vorarlberg) anläßlich meiner Österreichtournee im Jänner 1985. Nach meinem „WIR"-Aufruf im Februar erreichten mich 41 Märchen allein aus diesem kleinen Dorf! Das bedeutet: jeder 20. Einwohner verwandelte sich in einen Märchenerzähler!!! (Zum Vergleich: im Verhältnis zur Einwohnerzahl tat dies nur jeder 5000. Wiener und jeder 8000. Grazer . . .)
Erst rund 250 Jahre ist das „Kindermärchen" alt, die niedliche, verharmloste Form der ältesten Literaturgattung. Für die meisten Kinder ist es der erste Kontakt mit dem geschriebenen Wort, und gerade deshalb gebührt dem Märchen allergrößte Aufmerksamkeit.
Märchen aber ist noch mehr, als eben nur ein festgelegter und kontrollierbarer Schreibstil: Es ist eine Lebensphilosophie, mit deren Hilfe man Dinge, Handlungen, Geschehnisse mit sensiblen, offenen, durchdringenden Augen erkennen, verstehen und ausdrücken kann.
Der Leser dieses Buches sollte deshalb auch nicht enttäuscht sein, wenn er kaum Prinzessinnen, verzauberten Fröschen und Feenwesen begegnet. Dieses Buch ist ein Abbild *unserer* Zeit, der derzeit lebenden Generationen — und mit allen daraus resultierenden positiven und negativen Aspekten.
Wir sollten versuchen, das Märchen als eigenständiges Wesen unserer Seelen anzuerkennen, es so zu akzeptieren, wie es sich uns jetzt zeigt, und es nicht in die Rolle, in das Klischee zu pressen, in der wir es gern sehen würden.
Dieses Buch bietet die wunderbare Gelegenheit, nicht nur eine Geschichte, sondern auch deren Hintergrund zu erfahren. Der Autor und seine Biographie sind jeweils Teil der Geschichte, und dies sollte beim Lesen niemals außer acht gelassen werden.
Durch den gewaltigen Altersunterschied der Autoren einerseits und der extrem unterschiedlichen, offenen Thematik andererseits ist auch das Lesealter bei diesem Buch völlig offen gehalten. Viele Geschichten sind schon für 6- bis 10jährige geeignet, einige werden nur Erwachsenen zugänglich sein. Dies sollte Anreiz zu Gesprächen, zu erklären-

den Worten sein. Im Gegensatz dazu entdecken Erwachsene vielleicht gerade bei den jüngsten Autoren klare, einfache, aber gültige Bilder der sonst so komplizierten Welt der Großen.
Mit *Ihrer* Fantasie, mit *Ihrem* Herzauge wird das Märchen, wird dieses „rot-weiß-rote Wolkenschiff" zum Leben erweckt. Seine Aufgabe besteht nicht nur darin, mit seinen Märchen und Geschichten zu unterhalten, zum Nachdenken anzuregen, es möchte *Ihnen* Mut und Freude zu eigener Kreativität bringen. Dann hätten dieses Buch und ich in meiner Aufgabe als Märchendichter und -erzähler und als Herausgeber dieses Bandes einen tieferen Sinn gehabt . . .

Schwarzaumühle, im Sommer 1985 *Folke Tegetthoff*

Die langen Finger

Es lebte einmal eine junge Frau in Australien. Ihre Schreibmaschine aber befand sich in Afrika. Zum Glück hatte diese Frau so lange Finger, daß diese von Australien bis Afrika reichten. Sie mußte sehr viel schreiben auf der so weit entfernten Schreibmaschine. Eines Tages passierte es, daß ein großer, schwerer Riese über ihre Finger ging, und dabei brachen sie. Ach wie war das furchtbar. Nun konnte sie nicht mehr schreiben!

Elisabeth Werthmann, 9 Jahre, Schülerin in Salzburg

Der Vogel und der Pfau

Ein Vogel kam eines Tages zu einem Pfau. Sie fingen an zu streiten. Der Vogel sagte: „Ich kann tausendmal besser fliegen als du, hetschebetsch!" Aber der Pfau erwiderte: „Ich bin tausendmal schöner als du, hetschebetsch!" Dann waren sie plötzlich ganz still. Auf einmal sagte der Pfau: „Wir brauchen gar nicht zu streiten. Du kannst besser fliegen, und ich bin schöner." Da antwortete der Vogel: „Ja, du hast recht", sagte auf Wiedersehen und flog fort.

Alexandra Fruhwirth, 9 Jahre, Schülerin in Woltsberg (Steiermark)

Wolf und Esel

Es wohnte einmal ein Esel in einem Wald. Eines Tages kam ein Wolf. Er wollte den Esel fressen. Aber der Esel sagte: „Ich habe einen Schiefer im hinteren Fuß." Der Wolf aber dachte, wenn ich jetzt den Esel fresse, dann wird mir der Schiefer im Hals stecken bleiben. Der Esel bat: „Zieh mir den Schiefer heraus!" In dem Augenblick aber, als der Wolf ihn herausziehen wollte, schlug der Esel mit dem Fuß zu.

Andreas Wallner, 9 Jahre, Schüler in Salzburg

Der weitgereiste Luftballon

Inge lebte mit ihrer Tante in einer einsamen Hütte am Berg. Sie hatte keine Geschwister und keine Freunde. Zum Geburtstag hatte sie von ihrer Tante einen roten Luftballon bekommen. Plötzlich sagte der Luftballon: „Inge, wenn du mich freiläßt, fliege ich um die Erde und suche dir Freunde."

Inge war einverstanden. Sie ließ den Ballon los, und er flog davon. Inge rief noch: „Grüß alle Kinder von mir!"

Der Luftballon flog und flog und landete schließlich in Amerika, in New York, genau neben einem Wolkenkratzer. Hui, der war hoch! Der Ballon staunte. Da sah ihn ein Mädchen und rief: „Hallo, ich bin Sue! Wie geht es dir, schöner Luftballon?"

„Sehr gut", antwortete der Ballon, „ich soll dich von Inge aus Europa grüßen! Ich mache eine Weltreise, damit ich für sie Freunde finde."

Sue antwortete: „Ich grüße Inge und wünsche dir eine gute Reise." (Sie verstand den Ballon, weil er auch Englisch sprach.)

Der Luftballon flog dann übers Meer nach Neuseeland. Dort sah ihn ein Inseljunge, der im Meer fischte. Der Luftballon sagte: „Schöne Grüße von Inge aus Europa. Ich mache eine Weltreise und suche Freunde für sie." (Der Ballon redete in der Sprache des Buben.) Der Bub sagte: „Ich heiße Ha-mu-lof. Grüße Inge im fernen Europa von mir! Ich wünsche dir eine gute Reise."

Der Ballon grüßte und flog dann weiter. Immer weiter und weiter flog er, durch Asien, wo er Lu Chang aus China traf, durch Afrika, wo er die armen Kinder in Äthiopien fand und sie tröstete. Schließlich landete der Ballon wieder in Europa und fiel Inge erschöpft in die Arme. Später erzählte er Inge alles, was er erlebt hatte.

Inge fand von diesem Tag an Freunde in aller Welt. Der Luftballon machte noch oft eine Reise um die Erde. Er scheute keine Mühe. Manchmal band ihm Inge ein Brieflein für ein Kind an seine Schnur. Nicht zu schwer, sonst hätte er nicht fliegen können. Es war eine schöne Zeit.
Einmal kam der Ballon wieder erschöpft zu Inge. Aber er übersah den Gartenzaun. Plötzlich machte es knall — puff — ratsch, und aus war es mit dem Ballon. Er war kaputt. Aber das machte nichts. Er hatte seine Arbeit als Nachrichtenüberbringer vollbracht. Inge wußte ja die Adressen der Kinder und schrieb ihnen. Und der Luftballon hatte einem einsamen Mädchen, das Inge hieß, viele Freunde geschenkt.

Angelika Freismuth, 10 Jahre, Schülerin in Eisenstadt

Wie Reineke Fuchs seine Farbe bekam

Es war einmal eine neidische Katze, die niemandem ein Glück gönnte und sich selbst immer als die Schönste betrachtete. Der Nachbar der Katze war ein Fuchs. Früher waren alle Füchse schneeweiß, und weil das eine sehr schöne Farbe ist, paßte das der Katze ganz und gar nicht. Sie beschloß, den Fuchs farblich zu verunstalten. Eines Tages war schönes Wetter. Der Fuchs machte gerade sein Mittagsschläfchen. Weil die Katze wußte, daß der Fuchs zu dieser Zeit immer ein Nickerchen macht, beschloß sie, die Tat jetzt auszuführen. Weil der Fuchs die Haustür nie abschloß, kam die Katze zwar mühelos ins Haus, der Fuchs war aber schlau und hatte vorsorglich eine Falle gebaut. Diese Falle funktionierte so: Vor dem Bett war ein lockeres Brett, das an einem Seil angebunden war. An dem Seil hing ein großer Stein. Als die Katze nun auf das Brett trat, ging das Seil hoch und der Stein nieder. Der Stein war so schwer, daß unter der Katze der Boden brach und sie in den Keller fiel. Der Fuchs erwachte durch den Lärm, fand die Katze im Keller und jagte sie aus dem Haus. Die Katze verkraftete das schnell und schmiedete einen neuen Plan. Als der Fuchs einmal spazierenging, schlich sich die Katze an und schlug dem Fuchs mit aller Gewalt eine Bratpfanne auf den Kopf.

Der Fuchs sank sofort ohnmächtig zu Boden. Sogleich schüttete die Katze orange Farbe über den Fuchs. Zu spät erst merkte sie, wie schön orange sein kann. Schnell lief die Katze nach Hause, um schwarze Farbe zu holen. Als sie wieder zurückkam, war der Fuchs nicht mehr da. Sie konnte es nicht fassen, daß der Fuchs noch schöner geworden war. Also mischte sie auch für sich eine besonders schöne orange Farbe. Nach dieser Prozedur war sie aber müde und beschloß, ein wenig zu schlafen. Als sie aufwachte, wollte sie sich sogleich orange anmalen. Versehentlich nahm sie aber die schwarze Farbe und schüttete diese über sich. So bekam Reineke Fuchs seine Farbe.

Günter Angerer, 10 Jahre, Schüler in Lienz

Das Buch ohne Seiten

Es war einmal ein Buch, das lag in einer Bibliothek, ich glaube sogar, es war in unserer Schulbibliothek. Kein Kind unserer Schule hatte Interesse an diesem Buch, denn es hatte keine Seiten mehr, keine einzige Seite. Darüber war es sehr traurig, weil es doch auch gelesen werden wollte. Aber jeder, der es anfaßte und hineinschaute, sagte nur: „In diesem Buch gibt es nichts zu lesen", und legte es sofort wieder beiseite. Die Lehrkräfte der Schule hatten schon vor, das Buch zu den alten Büchern zu geben oder es zu verheizen. Aber immer wieder wurde dieser Vorsatz verschoben. Eines Tages wollte das Buch vor lauter Hoffnungslosigkeit schon alles aufgeben und endgültig verstauben, aber da hatte ein danebenliegendes Buch, das viele, viele geschriebene Seiten hatte, eine Idee: „Wenn du von jedem Buch eine Seite bekommst, so könnte man dich auch lesen, und du hättest sicher genausoviel Freude daran wie die anderen Bücher." Gesagt, getan. Das leere Buch flog, weil es so leicht war, über die anderen Bücher, die ihm schon die herausgezogenen Blätter entgegenhielten. Das leere Buch wurde immer voller und voller, und bald sah es so aus wie die anderen Bücher. Als die Lehrkräfte der Schule das leere Buch endlich weggeben wollten, waren sie mehr als erstaunt, denn es war voll loser Seiten, alte und neue, große und kleine. Es kam die Nummer Fünf vor der Zwei oder die Sechzehn vor der Sieben. Alles war durcheinandergeraten. Die Lehrkräfte holten die Schüler der vier Klassen und fragten, wer das gemacht habe. Aber keiner konnte eine Antwort geben. Es war nur sonderbar, daß bei jedem anderen Buch in der Bibliothek eine Seite fehlte. Darum gaben sie jedem Buch seine Seite wieder zurück. Das war eine Arbeit! Aber bei so vielen Händen war es schnell geschehen. Nach einigen Tagen aber fiel genau dasselbe wieder vor. „Es wird doch kein Zauberer im Spiel sein", hieß es, „aber würde man das Buch so lassen, gäbe es ja keinen Zusammenhang: Man kann doch keine zweiseitige Indianergeschichte lesen, und dann fängt schon die Geschichte des Bergsteigers an." Nein, die Kontrolle über die Bücher durfte man nicht verlieren. Die Kinder konnten nicht mehr lernen, und die Lehrkräfte konnten nicht mehr unterrichten, weil es ihnen nicht gelang, die Gedanken an das Buch zu verdrängen. Die Kinder lasen auch kein anderes Buch mehr. Doch eines Tages hatten sie eine Idee: Sie könnten ja selbst ein Buch schreiben! Und das taten sie auch. Jedes Kind malte und schrieb, und bald war es das schönste und lustigste, traurigste und spannendste Buch auf der ganzen Welt. Und wenn ihr es einmal lesen wollt, dann macht einfach die Augen zu und träumt davon.

Silvia Meisriemler, 10 Jahre, Schülerin in Thomasroith (Oberösterreich)

Der Zauberer am Monitor

Es lebte im Jahre 1970 ein junger Bauer, der sieben treue und tüchtige Gehilfen hatte. Als der Bauer einmal ein Feld kaufte, wollte er seine sieben Gehilfen anrufen, damit sie kommen und ihm helfen, das Feld in Ordnung zu bringen. Er konnte aber am Telefon gerade noch sagen: „Könntet ihr nicht kommen und mir . . . " — klick, war die Leitung tot. Denn es war nicht nur der Bauer an dem Feld interessiert, sondern auch ein Hexenmeister namens Rumpelstilz. In diesem Feld war nämlich ein Schatz verborgen. Rumpelstilz sah alles auf seinem Monitor auf dem Schloß Gresguld am Mount Everest. Er war auch derjenige, der die Leitung durchgeschnitten hatte. Daraufhin flog der Hexenmeister auf seinem Staubsauger (ein Besen wäre nicht nobel genug gewesen) davon.

Doch dem Bauern kam die Telefonunterbrechung ein bißchen komisch vor. Denn wer kommt schon auf die Idee, auf die sieben Berge zu steigen, um die Leitung durchzuschneiden? Er dachte nach, wer der Übeltäter sein könnte. Da hörte er die Boxen seiner Stereoanlage krachen und eine aufgeregte Stimme ins Mikrophon rufen: „Bitte entschuldigen Sie, daß wir den störungsfreien Empfang unterbrechen müssen. Bitte hören Sie uns zwei Minuten zu. Im Himalajagebiet wurde Rumpelstilz gesichtet! Er ist auf dem Weg zu uns . . . " Schließlich schnaufte der Ansager noch einmal: „Wir entschuldigen uns . . . " „Genug gesagt!" schrie der junge Bauer mit zitternder Stimme die Stereoanlage an und schaltete sie aus. Jetzt konnte er sich den Vorfall mit dem Telefon erklären. Er riß das Gewehr an sich und die Bibermütze (die er bekommen hatte, als er noch Pfadfinder war) und nahm die Abwehrstellung ein. Bald sichtete er auch den Staubsauger, spreizte die Beine und schoß mit seinem Senfgewehr in den Benzinmotor des Staubsaugers. Der stürzte dröhnend ab. Doch wer hat heutzutage keinen Fallschirm im Flugzeug? Damit konnte sich der Giftbrauer retten. Er verstauchte sich nur den linken kleinen Zeh. Als beide am berüchtigten Feld angekommen waren, wurde es zum Schlachtfeld. Rumpelstilz schoß mit den knallroten Zauberstrahlen und der junge Bauer mit Schrot. Rumpelstilz gewann. Der Bauer sah nur mehr Sterne. Rumpelstilz nahm die Schatzkarte und ging auf die Suche nach dem Schatz. Genau im Zentrum mußte er graben. Nach einem Meter sah er eine Falltür; er öffnete sie und fand darunter einen Geheimgang. Und am Ende des Geheimganges wartete auf ihn die Schatztruhe. Doch der Bauer mußte ja einmal aufwachen und kam gerade jetzt zu sich. Er eilte ins Haus und holte aus dem Dachboden das Erbe seiner Großmutter, ein tragbares Waffenarsenal. Darin befanden sich: eine Pfanne, ein Nudelholz, ein Teppichklopfer und so weiter. Damit konnte man perfekt Gauner wie Rumpelstilz jagen. Als der Zauberer aus dem Loch kam, erwartete ihn schon der Bauer und schlug ihn windelweich. Rumpelstilz flüchtete, aber der Bauer hatte den Schatz und lebte von nun an glücklich und zufrieden.

Martin De Tomaso, 11 Jahre, Schüler in Bozen

Das Kokosnußmännchen

Es war ein heißer Tag im Urwald, und die Kokosnüsse waren sehr aufgeregt, weil ihre Kokosmilch immer heißer wurde. Da kam das gescheite Kokosnußmännchen und fragte: „Warum seid ihr denn so aufgeregt?" Da sagte der Kokosnußoberbürgermeister: „Unsere Kokosmilch kocht." Aber das gescheite Kokosnußmännchen hatte da natürlich eine gescheite Idee! Es sagte: „Wir brauchen die Feuerwehr!" Da klatschten alle Kokosnüsse Beifall, und man telefonierte über die Notrufnummer 122 mit der Feuerwehr in Kokoshausen. Eine Minute danach erschraken alle Kokosnüsse, denn es erdröhnte ein lautes Tatü-tata, aber das gescheite Kokosnußmännchen wußte sogleich, was das war: „Das ist die Kokoshausener Feuerwehr." Und da kam auch schon die Feuerwehr und bespritzte alle Kokosnüsse, und bald waren sie nicht mehr aufgeregt.

Oliver Lerchbacher, 12 Jahre, Schüler in Knittelfeld (Steiermark)

Die Macht des Wörtchens Macht

Im Land der Filofaxaner liegt das Städtchen Salimor. In diesem Ort kannte man nur Gerechtigkeit, und jeder achtete den anderen Menschen. Da gab es den dicken Bäckermeister Stinzl — immer noch ledig. An jeder Hausecke hingen Plakate: „Stinzl, gutaussehender Mann, noch zu haben. Interessenten wenden sich an die Zeitung." Dann gab es den Lebensmittelhändler, den Wurst-Hans mit Gattin Zölestina. Ganz gemütliche Leute. Nur die Mamutschka war ein nervöser Zappel. Sie war steckendünn und hatte keine Zähne mehr. Trotzdem war sie allgemein beliebt. Ja und dann gab es da noch das Kräuterweiblein Salbeiline, die jedem half, wo es nur ging. Das wichtigste aber war: jeder hatte die gleichen Rechte, jeder half dem anderen, und jeder wurde so, wie er war, respektiert. Wenn es Probleme gab, half nicht nur einer, nein, da setzte sich die ganze Stadt zusammen, und gemeinsam fanden sie eine Lösung. Doch plötzlich änderte sich alles durch einen Mann namens Stunk. Er war streitsüchtig, geizig und rachsüchtig. Niemand wußte, woher er gekommen war. Herr Stunk brachte die Worte „Macht", „reich", „arm" in das Land. Sogar der Drache Dagobert brüllte nicht mehr „Bussi-Bussi", sondern nur mehr „Money-Money". So änderte sich alles. Das Kräuterweiblein verlangte Geld für jeden guten Rat, und so machten es nun alle. Der Bäckermeister wollte nur mehr eine Frau mit viel Geld. Zölestina ließ sich ein Gebiß machen, und Wurst-Hans wurde Supermarktbesitzer. Die meisten Leute waren nicht mehr selbständig, sondern mußten für die reichen Leute arbeiten. Stunk kam an die Macht. Er hatte viele Anhänger, die ihm alle Schwierigkeiten aus dem Weg räumten. Als Herr Stunk sogar einen Wahlkampf veranstalten wollte (bei dem er sicher gewonnen hätte . . .), machten die Bewohner von Salimor nicht mehr mit. So begann ein Streit zwischen den Anhängern und den Gegnern. Herr Stunk hatte jedem seiner Anhänger einen tollen Posten im Staatsdienst versprochen. Da kam der Tag, an dem alle ihre Posten zugeteilt bekommen wollten. Aber was war das? Herr Stunk redete nur um den heißen Brei herum. Da erkannten die Leute, daß Stunk ihnen falsche Hoffnungen gemacht hatte. Es gab einen Höllenstreit. Die früheren Anhänger schmiedeten einen Plan, wie sie Stunk aus ihrem Land vertreiben könnten. Gern erinnerten sich alle an die gute alte Zeit. Sollte es nicht möglich sein, diese Zeit wieder . . .

Brigitte Fritz, Raimund Berthold und Sabine Gaßner, 12 Jahre, Schüler in Stuben (Vorarlberg)

Der Wurzel-Josef

„Hörst du", sagte die Waldfee zu ihrem Sohn, „paß ja auf die Wälder gut auf, damit sie nicht zerstört werden. Die Menschen machen ja sowieso schon alles kaputt!" Ihr Sohn versprach es, dachte sich aber: „So schlimm wird es schon nicht sein." Als er auf einen Baum stieg und über den Wald blickte, erstarrte er vor Schreck: Da lagen überall im Wald

Haufen von Müll! Alte Blechdosen, Plastikflaschen, die nicht verrotten, und anderes Gerümpel. Wurzel-Josef, dem Sohn der Waldfee, kamen die Tränen. „Wie können diese bösen Menschen unsere schöne Welt zerstören?" schluchzte er. Traurigen Herzens schwebte er vom Baum herunter und flog zu seiner Mutter. Er berichtete ihr, was er gesehen hatte. In der Nacht schwebte die Waldfee zum König der Menschen und zauberte ihm eine Welt unter einem Müllhaufen in seinem Traum. Als der König aufwachte, war er schweißgebadet. Der Traum hatte ihm so zugesetzt, daß er beschloß, sofort etwas zu unternehmen. Er rief seine Minister, und die bauten eine riesige Maschine, die aussah wie ein Staubsauger. Damit flogen sie über den Wald und saugten mit großen Schläuchen allen Müll weg. Die Saugkraft aber war so groß, daß auch alle Blätter und kleinen Äste weggesaugt wurden. Nun war der kleine Wurzel-Josef wieder traurig, denn nun gab es in seinem einst so schönen Wald nur noch Baumstämme zu sehen. Nun konnte das Licht so stark einfallen, daß die Leute alle schwebenden Gestalten sehen konnten. Das war sehr schlimm, weil es Gesetz war, daß eine Fee, die gesehen wird, sterben muß. Bald waren schon so viele gesehen worden, daß nur noch drei Feen und der Wurzel-Josef übriggeblieben waren. Es herrschte große Verzweiflung, die Feen und der Wurzel-Josef saßen unter einem kahlen Baum und warteten auf den Tod. Der liebe Gott jedoch hatte Erbarmen mit den schwebenden Wesen. Und so kam es, daß sie eines Tages einen Haufen kleiner Bäumchen fanden. Ohne ein Wort zu sagen, gingen sie sofort an die Arbeit und pflanzten alle Bäume. Und plötzlich, wie durch ein Wunder, begannen auch die anderen Bäume wieder zu blühen. Jetzt konnten die schwebenden Waldbewohner aufatmen, sie waren nicht mehr zu sehen. Nach einem Jahr war es fast wie zuvor, ohne Müll und ohne kahle Bäume. Bald burgerten sich auch Tiere im Feenwald ein. Sie machten den Wurzel-Josef zu ihrem König. Da dachte sich der Feensohn: „Ich möchte auch eine Königin haben und ein Haus aus Baumstämmen. Es soll unter dem höchsten Baum stehen, damit ich gleich einen Aussichtsturm habe. Und wehe den Menschen, wenn sie noch einmal unseren Lebensraum zerstören." So gingen alle daran, eine Braut für den König zu suchen. Auf der Heidelbeerwiese wurde ein Fest veranstaltet. Man baute eine Bühne aus Reisig und stellte darauf einen Thron für den König. Die Eichhörnchen brachten Nüsse, die Spechte flochten Kronen, die Bienen spendeten Honig, und die Ameisen sammelten Weizenkörner. Die Vögel waren ein herrlicher Chor, Käfer und

Spinnen spielten Geige. Nun marschierten die Damen des Waldes ein. Der Wurzel-Josef ging durch die Reihen und entschied sich für eine Hirschkuh. Mit ihr zog er in sein Haus, und niemand störte jemals mehr ihre Ruhe.

Tamara Hohenauer, 12 Jahre, Schülerin in Rohrbach (Niederösterreich)

Der Zauberspiegel

Als die Bumperdinger eines Morgens wie immer zur Arbeit gehen, sehen sie in der Hosenknopffadenstraße zwischen zwei Modegeschäften einen übergroßen Spiegel. Frau Eitel nimmt ihn gleich als gute Gelegenheit wahr, um endlich ihren neuen Pelzmantel in voller Länge zu betrachten. Sie dreht sich und wendet sich und ist ganz entzückt von ihrem Spiegelbild.
Frau Neidisch, die sie beobachtet hat, kommt herbei und denkt: „Dieses aufgeputzte Ding kommt sich vor wie die Kaiserin von China. Als wenn ich nicht genauso schön wär' wie sie!" Sie wirft einen Blick in den Spiegel und erschrickt. Ihr Gesicht ist dottergelb. Darüber entflammt eine Aufschrift: „Neid is nit guad für d' Leit!" Über und über rot werdend, dreht sie sich zu Frau Eitel um. Ob sie die Aufschrift und das gelbe Gesicht bemerkt hat?
Frau Eitel scheint ahnungslos, doch ihre Gedanken gehen einen anderen Weg: „Natürlich, Frau Neidisch! Die mit ihrem alten, abgenützten Mantel. Kein Vergleich gegen meinen schönen, eleganten Nerz!" Stolz blickt sie neben Frau Neidisch in den Spiegel. Mit Entsetzen sieht sie die Pfauenfedern hinter ihrem Kopf und darüber die Aufschrift: „Eitelkeit und Stolz wachsen auf einem Holz!"
Die Frauen blicken sich an und rufen wie aus einem Mund den Modegeschäftsbesitzer herbei, der gerade dabei ist, sein Geschäft zu öffnen. Beide schämen sich, über ihr Erlebnis zu berichten, und erzählen nur über den Spiegel, der nicht funktioniere und Faxen mache.
Herr Hosenträger betrachtet sich den Spiegel und murmelt vor sich hin:

„Die Damen sind ja ganz aus dem Häuschen, ob die verrückt sind?" Doch ein Blick in den Spiegel belehrt ihn eines Besseren. Um sein Haupt tummelt sich ein Vogelpaar und ist sichtlich bemüht, aus seinem Haar ein Nest zu formen. Darüber die Aufschrift: „Ein Vogel kommt selten allein!"
Nach und nach vergrößert sich die Menschenmenge vor dem ungewöhnlichen Spiegel, denn viele Bumperdinger gehen gerade um diese Zeit zur Arbeit, und viele müssen dabei durch die Hosenknopffadenstraße. Es gibt ein Gedränge, denn jeder möchte gern einen Blick in den Spiegel werfen. Alle reden wild durcheinander, und die meisten wenden sich beschämt ab.
Durch den Volksauflauf aufmerksam geworden, kommt der Bumperdinger Bürgermeister näher. Er möchte unbedingt wissen, was sich da vorne tut und stellt sich deshalb auf die Zehenspitzen, um alles genauestens zu sehen. Aber, oje, der Blick in den Spiegel verheißt ihm nichts Gutes. Zwischen seinen Schultern ragt ein überlanger Hals empor, und sein Gesicht ist nur bis zur Nasenspitze auf dem Spiegel zu sehen. Entlang seines Halses steht die Aufschrift: „Der Neugierige sieht seine eigene Schand!"
Ganz betroffen starren die Bürger von Bumperding auf den Boden, keiner wagt mehr einen Blick in den Spiegel zu werfen. Auf einmal rollt ein Ball mitten durch die Menschenmenge und bleibt vorm Spiegel liegen. Hinterher hüpft ein kleines Mädchen, um ihn zu fangen. Ypsilon, so heißt das Mädchen, sieht den Ball und den Spiegel und jauchzt vor Freude laut auf. Es wirft den Ball hoch, dreht sich vorm Spiegel und sieht dabei ihr buntes Röckchen flattern. Ganz entzückt von allem rings um sich, spielt und lacht sie vorm Spiegel, ihre Freude ist richtig zu spüren. Und völlig unbemerkt geht auch eine Wandlung in den Herzen und damit auch auf den Gesichtern der Bumperdinger vor sich. Keiner weiß genau wann, aber aus dem Spiegel strahlen auf einmal jedem hundert frohe, lachende Gesichter entgegen.

Patricia, Thomas und Martina Piok, 11, 12 und 13 Jahre, Schüler in Axams (Tirol)

Der Faschingskönig

Der kleine Junge wohnt in einem Haus mit vielen Wohnungen. Naja, klein kann man zu Ferdinand, so heißt der Junge, eigentlich nicht mehr sagen. Er ist ein hochgeschossener, magerer Bub. Seine Schulkameraden lachen ihn immer aus. Nicht wegen seiner abstehenden Ohren, sondern wegen seiner Kleidung. Wenn man ehrlich ist, passen die schwarze Hose und das gelbe Hemd mit den roten Tupfen nicht ganz zusammen. Doch was macht das aus. Seine Mitschüler wissen ja nicht, daß er das Einmaleins vor- und rückwärts in neunzig Sekunden aufsagen kann. Sie lachen einfach. Sie lachen sich schief und krumm. Sie glucksen nur noch und halten sich den Bauch. „Haha, ein gelbes Hemd mit Fliegerkragen. Der hebt gleich ab." Und sie lachen wieder.
Doch da ist noch jemand: Max. Max ist ein winzigkleiner Zwerg, und dem paßt es nicht, daß Ferdi ausgelacht wird. Jedesmal wenn er dieses Lachen hört, wird er wütend. Er bekommt ein glutrotes Gesicht und klopft mit seiner Faust so lange auf den Tisch, bis er sich einen neuen zaubern muß. Max ist der Schulzwerg, der den Zurückgesetzten hilft. Heute morgen ist Max um sieben Uhr aufgestanden. „So geht das nicht weiter! Max, der Zwerg, schlägt zu!" Bloß wie? Max sitzt da und denkt nach. „Juhuu! Ich hab's!" Er verzaubert sich in einen wunderschönen Burschen. Als die Kinder wieder anfangen, über Ferdi zu lachen, geht er auf sie zu. Den Kindern bleibt der Mund offen, und die Augen sind riesengroß. „Wieso lacht ihr ihn aus?" „Seine Kleidung! Haha!" Darauf Max: „Der ist wenigstens abwechslungsreich. Immer modern. Pah! Langweilig! Ihr könntet euch ja alle so anziehen wie er. Ganz verrückt!" Am nächsten Tag kommen alle ganz verrückt gekleidet in die Schule. Und am närrischsten natürlich Ferdi. Er wird zum Faschingskönig gewählt, und jetzt lacht er!

Barbara Gantner, 13 Jahre, Schülerin in Wald am Arlberg (Vorarlberg)

Wie die Kinder aus Unterriedelsburg im Himmel Weihnachten feierten

Es war 24. Dezember geworden. Im großen Himmelsschloß hatte die Hetzerei schon am Vortag begonnen. Engelchen hasteten von Wolke zu Wolke, ordneten Päckchen, hakten die Geschenke auf den furchtbar langen Wunschlisten ab und schauten, ob nicht ein Geschenk vergessen worden ist. Manche junge Christkinder blickten verzweifelt in die Runde, weil das schöne Glitzerkleid vom Vorjahr nicht mehr passen wollte. Es war eine allgemeine Hektik. Nur der Himmelvater saß ruhig auf seinem Stuhl und beobachtete das Gewimmel.

Endlich war es soweit: Hunderte von Christkindern standen auf der Abflugwolke, mit einem schweren Korb voller Geschenke beladen. Darunter war auch ein kleines Christkind, das wir näher kennenlernen werden. Es sollte nach Unterriedelsburg.

Nun gab der Himmelvater das Startzeichen. Alle Christkinder flatterten ganz leise davon, und man sah ein Meer aus Sternchen und Silberhaar sich immer weiter entfernen, bis alle verschwunden waren. Unser Christkind hatte sehr schwer zu tragen und kam deshalb nur langsam vorwärts. Trotzdem war es gut gelaunt und sang Weihnachtslieder. Schließlich hatte es Unterriedelsburg erreicht, landete auf dem Kirchturm und hielt Ausschau. Doch was war das? Auf keinem Menschengesicht der Vorbeigehenden konnte es innere Vorfreude, Stille und Glück ablesen. Alle gingen mißmutig durch die Straßen und stießen den Schnee vor sich her, als würden sie Fußball spielen. Manchen rann sogar eine Träne über die Wangen. Erstaunt flatterte das Christkind vom Kirchturm herunter und ging die Straße entlang. Aber es begegnete keinem fröhlichen Menschen. Da erblickte es einen kleinen Jungen, der auf dem Randstein saß und den Kopf in die Hände gestützt hatte. Das Christkind setzte sich neben ihn und tippte ihm sachte auf die Schulter. Der Junge blickte auf. Sein Gesicht war rot und ganz verschmiert.

„Ach, du bist es", sagte er.

Dann stierte er wieder auf den Schnee, als läge dort etwas ganz Besonderes.

Doch das Christkind konnte nichts entdecken. „Was ist denn mit euch

Menschen los?" fragte das Christkind. „Warum sitzt ihr nicht schon in eurer Küche und wartet, bis ich das Glöckchen läute?"
„Weil wir nicht Weihnachten feiern können", antwortete der Bub.
„Und warum?" Das Christkind war ganz verzweifelt.
„Weil alle Bäume kaputt sind", sagte der Junge. „Wir Kinder können nicht mehr auf Bäume klettern, und wir haben auch keine Christbäume mehr. Auf allen großen Wiesen, wo wir früher immer Räuber und Gendarm gespielt haben, haben die Erwachsenen Fabriken, Bürohäuser, Straßen und einen Flugplatz gebaut."
„Das ist wirklich schlimm", nickte das Christkind.
„Aber das schlimmste ist", erzählte der Junge, „unsere Eltern wollen, daß so viele schöne Orte verbaut werden. Daß Bäume dabei zugrunde gehen und Blumen, Gewässer und Tiere, kommt ihnen gar nicht in den Sinn. Deshalb waren sie auch so erstaunt, keine Christbäume mehr zu finden, als sie in den sogenannten Wald gingen."
„Ihr Kinder tut mir leid", fühlte das Christkind mit. „Gegen die Bürohäuser und Fabriken kann ich nichts tun. Aber wenn du willst, können alle Kinder aus Unterriedelsburg bei mir im Himmel Weihnachten feiern!" schlug es vor.
„Ah ja!" rief der Junge begeistert, und das Christkind sah ihn zum erstenmal lachen.
Der kleine Junge flitzte sofort los, um alle seine Freunde zusammenzutrommeln. Kurze Zeit später standen sie alle vor dem Christkind. Große und Kleine, Dicke und Dünne, Ängstliche und Mutige, Lustige und Traurige, alle waren ruhig und starrten gespannt auf das Christkind, das einen riesigen Schlitten an der Hand hielt.
„Nun setzt euch alle auf den Schlitten! Nicht drängeln! Alle haben Platz!" gebot das Christkind.
Endlich saßen alle auf dem Schlitten. Das Christkind hängte sich die Riemen des Schlittens um die Schultern und begann sachte mit seinen silbernen Flügeln zu schlagen. Es hob langsam ab, und der Schlitten glitt nach. Man konnte die „Ah" und „Oh" der begeisterten Kinder hören. Nun waren sie schon über der Stadt, und jeder konnte sein Haus sehen. Immer weiter ging die Fahrt, immer kleiner wurde Unterriedelsburg.
Nach kurzem Flug sahen die Kinder eine riesige Wolke. „Das ist das Himmelsschloß", sagte das Christkind. Nach einer wolkensanften Landung sperrte es das Himmelsschloß mit einem großen, goldenen Schlüssel auf. Der Himmelvater hieß die Kinder herzlich willkommen und führ-

te sie in einen Raum, der weihnachtlich mit Tannenzweigen geschmückt war. Die Wände des Raumes waren weiße Wolken, und an der Decke schwebten Engelchen, die Weihnachtslieder spielten. Die Kinder merkten, daß sie im Himmel waren. Doch was sie besonders freute, war der schöne, große Christbaum. Er hatte einen kerzengeraden, silbrig glänzenden Stamm, und seine Zweige trugen dunkelgrüne, saftige Nadeln und verbreiteten einen herrlichen Waldduft. Der Himmelvater wünschte ihnen gesegnete Weihnachten und ließ die Kinder mit dem Christkind alleine. Sie hielten sich an den Händen und tanzten um den Christbaum herum, wie sie es auch zu Hause getan hätten, und sangen mit den Engeln „Stille Nacht, Heilige Nacht". So feierten sie und waren auch ohne Geschenke glücklich.
Und wenn du ein Kind fragst, das damals dabei war, welches Weihnachtsfest ihm am besten gefallen hat, wird es dir vom Weihnachtsfest der Kinder aus Unterriedelsburg im Himmel erzählen.

Sabine Klampfer, 13 Jahre, Schülerin in Wien

Das Pferd, das so gerne badete

„Jetzt sitzt es schon wieder in der Badewanne!" schimpfte Herr Badeweich. Das sagte er täglich! Denn das Pferd Naseweiß badete für sein Leben gern. Frau Badeweich schimpfte täglich über die Unkosten. So ging es Tag für Tag.
Eines Tages wünschte sich das Pferd eine Schwimmente. Als es diese bekommen hatte, war es immer noch unzufrieden. So wünschte es sich noch einen Wasserball, gelbe Rollschuhe, Sonnenbrillen, Schwimmflügel, Flossen, Badehosen, eine Luftmatratze und ein Luftkissen. Das undankbare Pferd Naseweiß war aber noch immer nicht zufrieden. Es wollte einen Brief schreiben, um alle Verwandten zu einem herrlichen Schaumbad einzuladen. Das war aber für Herrn und Frau Badeweich nun wirklich zuviel. Und ein Zufall kam ihnen zu Hilfe. Denn das Pferd fing plötzlich an, laut zu jammern: Das Tintenfaß war ihm während des Badens ins Wasser gefallen. Nun sah das Pferd wie ein Fantasieliger

aus! Naseweiß war mit sich ganz und gar nicht zufrieden. „Was soll ich nur machen?" seufzte das arme Pferd. Familie Badeweich meinte, es solle der neue Wachhund werden, denn der alte war spurlos verschwunden. Das ist aber eine andere Geschichte.
Da jedermann vor Pferdetigern Angst hat, mußte Naseweiß, ob er wollte oder nicht, diese Stelle übernehmen. Aufs Baden aber mußte er fortan verzichten, denn Fau Badeweich erklärte ihm, daß Pferdetiger nicht baden. Wenn ihr euch beeilt und ganz schnell mal bei Herrn und Frau Badeweich vorbeischaut, könnt ihr vielleicht den Pferdetiger sehen. Los! Vielleicht wiehert er auch für euch ganz kurz.

Alexandra Leu, 13 Jahre, Schülerin in Wald am Arlberg (Vorarlberg)

Anton, das Feenkind

Heinrich, ein Junge aus einem kleinen Dorf, hat Freunde wie jeder andere Junge auch. Nur das Lernen fällt ihm nicht gerade leicht. Wie an jedem Morgen geht er auch heute mit den anderen Kindern zur Schule. Plötzlich liegt auf seiner Bank ein Zettel mit der Aufschrift: „Niemandem zeigen!" Er öffnet das Briefchen und liest leise vor sich hin: „Ich warte heute um halb eins hinter euren Obstbäumen. Anton." Heinrich denkt bei sich: „Ob da wohl ich gemeint bin? Die ganzen Stunden denkt er über den Brief nach. Endlich ist die Schule aus, und Heinrich eilt nach Hause. Er ißt so schnell, daß er sich immer verschluckt und die Mutter sich nicht mehr auskennt. Als er fertig ist, starrt er immerzu auf die Uhr. Nach langem Warten ist es halb eins. Er schlüpft in seine Gummistiefel, nimmt seine alte Jacke mit und eilt hinaus in den Garten. Als er aber im Garten steht, denkt er sich: „Hinter welchem Obstbaum wird er wohl sein?" Als er regungslos so dasteht, hört er plötzlich eine leise Stimme sagen: „Hier bin ich, vor deiner Nase stehe ich, du Dummkopf." Heinrich denkt, er träumt, weil er niemand sieht. Zögernd sagt er dann: „Wer ist da, ich sehe niemanden." „Ach so", antwortet das Stimmchen, „ich habe vergessen, mich sichtbar zu machen. Aber zähle bitte bis drei, dann geht es schneller." Heinrich weiß nicht, was er tun soll, und plötzlich bekommt er Angst. Er zählt dann aber doch bis drei, und auf einmal steht ein kleiner Junge mit dunklen Haaren und großen Augen da. Der Junge spricht: „Hallo, ich bin Anton, und du bist Heinrich." Dieser schaut verblüfft drein und sagt schließlich: „Woher kennst du meinen Namen?" „Ach weißt du, ich bin ein Feenkind." Heinrich bringt den Mund nicht mehr zu. Dann fragt er leise: „Du bist ein Feenkind, ein richtiges Feenkind?" „Ja, genauso ist es, und ich wohne in der Stadt der Phantasie. Vielleicht kommst du mich mal besuchen. Ich will dir in der Schule und bei den Hausaufgaben helfen." „Aber wie willst du das machen?" fragt Heinrich ungläubig. „Mach dir keine Sorgen, ich habe einen sehr guten Plan", erklärt Anton. „Ich verwandle mich in eine Fliege und flüstere dir alles ein." „Aber was ist, wenn das Fenster zu ist, dann kommst du nicht mehr 'rein." Heinrich sieht ihn fragend an. „Du mußt eben dafür sorgen, daß das Fenster offen bleibt", sagt Anton weise. Und von diesem Tag an sind die beiden unzertrennlich. Heinrich aber erhält in allen Fächern gute Noten.

Christine Martin, 13 Jahre, Schülerin in Außerbraz (Vorarlberg)

Wenn das Auto Husten hat

Philipp sagte zu seiner Frau: „Wir können wirklich von Glück reden! Jetzt fahren wir unser kleines Auto schon zwei Jahre, und es weiß noch immer nicht, wie eine Reparaturwerkstätte von innen aussieht." Auch heute wollte er wie jeden Tag zur Arbeit fahren, aber als er startete, fing der Wagen zu husten und zu stottern an. Er vollführte einen Riesensprung nach vorn und nach hinten und hatte eine Fehlzündung nach der anderen. Vorsichtig fuhr Philipp los und kam mit knapper Not zu einer Werkstätte. Der Mechaniker probierte den Wagen aus, aber der lief jetzt einwandfrei. Philipp verstand das nicht. Er fuhr weiter, da fing das gleiche wieder von vorne an. Vorsichtig fuhr Philipp zurück, und der Mechaniker schaute zu. „Wieso geht denn der Kasten nicht?" Der Mechaniker stieß einen Seufzer aus. Plötzlich rief er: „Ich hab's!" Er lief in die

Werkstätte und holte Hustensaft. „Wollen sie mir Hustensaft geben für meine Verkühlung?" fragte Philipp, denn er war erkältet. „Nein, nein", sprach der Mechaniker, „ich gebe einen Eßlöffel voll Hustensaft in den Tank, und dann wollen wir doch sehen, ob wir diese Mühle nicht in Schwung bringen!" Er gab den Saft hinein, und tatsächlich – das Auto lief einwandfrei. So fuhr Philipp zur Arbeit und dachte: „Wenn das nur bei mir auch so schnell ginge."

Maria Platzer, 13 Jahre, Schülerin in Braz (Vorarlberg)

Die kranken Krinkimirs

Puh! Das wäre geschafft. Nur noch den Stein da wegrollen, und dann kann ich endlich die Schriftrolle aus der Höhle holen, die ein Rezept gegen die Vergeßlichkeitskrankheit enthält . . . Wie bitte? Ach so, ihr wißt ja gar nicht, wer ich bin und was ich hier mache. Wohl oder übel muß ich euch dann die Geschichte von Anfang an erzählen. Wie ihr mittlerweile schon wißt, bin ich auf der Erde, weil ich die Schriftrolle holen will, die zum Heilmittel führt. Aber was ich hier auf der Erde mache und warum ich überhaupt hier bin, erfährt ihr in folgender Geschichte:
Ich heiße Krinkimir und bin vom Planeten Krinkimir. Dort leben auch meine neunundneunzig Freunde, die ebenfalls Krinkimir heißen. Aber glaubt ja nicht, wir würden uns gegenseitig verwechseln. Wir Krinkimirs sind auch nicht von gestern! Natürlich wissen das die Menschen, da sie schon einige Forschungssatelliten um unseren Planeten kreisen ließen, der unsere Sprache zur Erde sandte. Die Menschen konnten sich jedoch einfach nicht erklären, wie wir uns unterscheiden können, wenn alle den gleichen Namen haben. So schickte man die gescheitesten Wissenschaftler auf Expeditionsreise auf unseren Planeten. Schon die Ankunft dieser obergescheiten Leuten versetzte alle Einwohner in größte Aufregung, da jeder Krinkimir vor den Menschen flüchten wollte, weil die Menschen zuviel fragen, und ein Krinkimir verträgt das viele Fragen nicht. Besser gesagt, er wird krank davon, und wenn ein Krinkimir krank ist, vergißt er seinen Namen. Das heißt natürlich, daß alle Einwohner ih-

re Namen vergessen hätten, und dann wären wir ja keine Krinkimirs mehr, sondern nur noch namenlose Einwohner des Planeten Krinkimir. Aber nun zurück zur Landung. Wie ich schon sagte, wir versteckten uns, wo es nur ging. Jeder von uns konnte sich hinter einem der hundert Büsche verstecken, nur ich nicht, da keiner mehr frei war. Nun stand ich vor dem riesigen Ufo, aus dem die Wissenschaftler ausstiegen. Als sie mich erblickten, stürmte die ganze Schar auf mich los und wollte allerlei wissen. Ich möchte nur die erste Frage erwähnen, weil sie die schlimmste war: „Wie heißen Sie?" Diese einzige Frage machte mich oder besser gesagt uns alle krank.
Was weiter geschah, weiß ich leider nicht, da ich ohnmächtig wurde und erst vor einigen Stunden aufgewacht bin. Ich fand in meiner Tasche einen Zettel, auf dem eine Art Landkarte eingezeichnet war. Aber was hilft mir das jetzt? Gar nichts, denn ich muß trotzdem den schweren Stein von der Höhle wegrollen. Na was soll's! Aber wenigstens viel Glück wünschen könntet ihr mir ja!

Markus Dönz, 13 Jahre, Schüler in Innerbraz (Vorarlberg)

Das Jahr 2273 und danach

Es ist nun das Jahr 2273. Es gibt keine Bäume, keine Gräser, Blumen und Wiesen und auch keine Berge mehr. Nicht einmal Wasser. Selbst das Meer ist ausgetrocknet. Überall ist nur noch kahle Wüste. Die Sonne scheint schon lange nicht mehr, denn kilometerdicke Rauchschwaden hindern sie daran. Alles ist verseucht! Wie es dazu kam, ist schnell erzählt.
Es war das Jahr 1995. Überall gab es Atomraketen und noch schlimmere Bomben. Es gab sie auf jedem Kontinent, in jeder Stadt und auch in jedem Dorf. Niemand war sich der Gefahr bewußt. Überall gab es Streit und Krieg, bis es dann zum größten Weltkrieg kam, den es je gegeben hat. Der Weltuntergang stand bevor, denn es gab ein System, das konnte alle Atombomben zur gleichen Zeit sprengen. Und dieses System sollte ausgelöst werden. Überall berichtete man davon. Im Fernsehen, im Radio, die Briefträger sagten es weiter, und auch die Nachbarn berich-

teten den anderen davon. Viele machten Selbstmord, andere rannten in die Kirche in der vergeblichen Hoffnung, daß alles noch gut werden könnte. Dann kam der schreckliche Augenblick. Irgendwie mußte ein betrunkener Mann in das Gebäude mit dem Todessystem hineingekommen sein. Dabei stieß er an den Hebel, und der Untergang begann. Auf der ganzen Welt gab es Explosionen; die Häuser knickten wie Streichholzhäuser um, Hochhäuser brachen in sich zusammen, Menschen verdampften in der unberechenbaren Hitze, und als alles vorbei war, gab es nichts mehr. Wenn es noch ein winziges Lebewesen gegeben hätte, wäre es sofort an den giftigen Gasen erstickt. Die Erde war vielfach gespalten, und die Spalten waren Tausende von Kilometern tief.
Doch kommen wir in das Jahr 2273 zurück. Da gab es ein kleines Wunder. Am Boden lag ein Baum, der einmal stämmig und hochgewachsen gewesen war. Er war noch nicht ganz tot! Er hatte noch einen Ast, und aus dem floß Harz. Der Baum versuchte sich zu erheben, doch er kam nicht weit, fast betäubt von den Giftgasen flog er wieder um. Gerade als er sich in eine der Spalten stürzen wollte, sah er, wie ein riesengroßer Planet auf die Erde zugeschossen kam. Er streifte die Erde und erdrückte fast den Baum. Doch was sah der Baum? Auf dem Planeten gab es Bäume, Bäche, Flüsse und Seen. Als der Planet sich noch einmal näherte, nahm der Baum seine ganze Kraft zusammen und hielt sich mit seinem einen Ast an einem Felsen fest. Er wurde Milliarden von Lichtjahren durchs All mitgeschleift, bis er sich schließlich auf einem schönen Planeten wiederfand. Gab es dort überhaupt Menschen und Tiere? Er sah sich um, aber er konnte nichts entdecken. Er wanderte ein paar Stunden umher. Plötzlich hörte er ein Geräusch. Er ging in die Richtung, aus der das Geräusch kam. Da sah er das Unglaublichste, was er je gesehen hatte. In einer Höhle waren etwa zehn menschenartige Tiere, halb Bär, halb Mensch. Sie hatten auch komische Funkgeräte umgeschnallt. Der Baum zögerte nicht lange und ging entschlossen hinein. Doch diese Halbmenschen blieben einfach sitzen. Sie verharrten einige Zeit still. Dann machte einer den Mund auf. Doch man hörte bloß gurgelnde Kehllaute. Der Baum blieb verwundert stehen. Da drückte ein anderer von ihnen einen Knopf am Funkgerät. Nun konnten sich der Baum und die Zierezier, wie sich die Wesen nannten, verstehen.
Es war jetzt schon einige Wochen her. Der Baum war wieder ganz gesund geworden und mit den Ziereziern gut Freund. Doch eines Tages dachte er an die Erde zurück. Bald schien ihm, er würde vor Heimweh

zerspringen. Doch wie sollte er zurück? Und in dieser verseuchten Wüste auf der Erde würde er sofort sterben. Er konnte diese Last aber nicht länger mit sich herumtragen und mußte es den Ziereziern sagen, daß er nach Hause wollte. Diese konnten ihm helfen. Sie waren eine hochentwickelte Rasse und hatten auch riesige Raumschiffe. In einem dieser Raumschiffe fuhr er zur Erde. Um nicht zu ersticken in der verseuchten Luft, blieben sie drei Kilometer über der Erde stehen. Dann ließen sie einen Schlauch, der etwa fünfhundert Meter Durchmesser hatte, in die verseuchte Luft gleiten, drückten auf ein paar Knöpfe, und die ganze schlechte Luft war eingesaugt. Jetzt mußte der Boden gedüngt werden. Als das erledigt war, brauchten sie noch Wasser. Auch das war bereit. Millionen von Hektolitern Wasser plätscherten aus dem Raumschiff auf die Erde. Als auch das geschehen war, bekam der Baum eine Baumfrau vom anderen Planeten, und sie hatten zusammen viele Baumkinder. Auch ein paar kleine Tiere hatten sich fortgepflanzt. Vielleicht würde es später einmal wieder Menschen auf der Erde geben . . .

Bernhard Wohlfart, 13 Jahre, Schüler in Langen am Arlberg (Vorarlberg)

Das Friedensbäumchen

In einem kleinen Dorf lebten die Menschen friedlich nebeneinander. Inmitten des Dorfes, das nur aus einigen Häusern bestand, gab es einen kleinen Marktplatz und am Rande ein kleines Wäldchen. Darin war eine Lichtung, auf der ein Tannenbäumchen stand, das so gerade und gleichmäßig gewachsen war, daß alle Menschen es bewunderten. Die Erwachsenen sagten bei ihren Sonntagsspaziergängen: „Welch ein schönes Bäumchen!", und für die Kinder war die Lichtung ein beliebter Spielplatz.
So vergingen die Tage, und es waren nur mehr zwei Wochen bis zum Weihnachtsfest. Das Bäumchen gefiel den Dorfbewohnern so gut, daß es jeder in seiner Wohnung als Weihnachtsbäumchen aufstellen wollte. Der Zufall wollte es, daß alle Männer des Dorfes am gleichen Tag in den Wald gingen, um das Bäumchen zu fällen. Als sie sich dort trafen, wollte

keiner das Bäumchen einem anderen gönnen. So waren alle richtig böse aufeinander, bauten einen hohen Zaun um das Bäumchen und gingen nach Hause. Sie verboten sogar ihren Kindern, miteinander zu spielen oder gar zu dem Bäumchen zu gehen.
Nun war die ganze Freude der Vorweihnachtszeit zerstört, da sich ja keiner mehr mit dem anderen verstand. Der Heilige Abend kam immer näher, und niemand hatte einen Weihnachtsbaum. Die Kinder waren traurig, doch sie trösteten sich damit, daß sie sich jeden Abend heimlich bei dem Bäumchen trafen. Am Heiligen Abend feierte niemand das Weihnachtsfest. Die Eltern saßen alleine in den Wohnzimmern. Es fiel keinem auf, daß die Kinder gar nicht da waren. Alles war so trostlos und einsam.
Plötzlich horchten alle auf — klang da nicht Weihnachtsmusik? Sie öffneten die Fenster, und was sahen sie? Das Weihnachtsbäumchen stand geschmückt mitten auf dem Marktplatz. Sämtliche Kinder des Dorfes tanzten in einem Kreis um das Bäumchen herum. Da kamen alle Erwachsenen aus den Häusern, faßten sich bei den Händen, tanzten mit den Kindern um den festlich geschmückten Baum und sangen Weihnachtslieder, und alle Unstimmigkeiten der letzten Tage waren vergessen.

Kerstin Preiß, 14 Jahre, Schülerin in Klein St. Paul (Kärnten)

Der blaue Küchenstuhl

Früher ging ich manchmal mit meiner Oma ins Nachbardorf die Tante Alvine besuchen. Sie war eine Schwester meiner Oma und schon sehr alt. Tante Alvine besaß einen blauen Küchenstuhl, der einmal sehr schön und glänzend gewesen sein muß. Jetzt war der Lack gesprungen, und er sah aus, als hätte er Runzeln, so wie meine Tante. Ich fand, daß er ihr sehr ähnlich sah. Ich wußte genau, daß der Stuhl sich freute, wenn ich auf Besuch kam. Einmal — es war Sommer — saßen Oma und Tante Alvine im Garten, strickten und erzählten sich etwas. Meine Kusine Ilse, die ich nicht leiden konnte, weil sie so unausstehlich brav war, kam auch auf Besuch. Sie sah sehr schön aus, hatte eine weiße Schürze um und eine rote Schleife im Haar. Tante Alvine sagte: „Holt euch einen Stuhl und setzt euch zum Tisch. Es gibt euren Lieblingskuchen!" Wie der Blitz sausten wir in die Küche, um den blauen Küchenstuhl zu holen. Ich erwischte ihn als erste. Worauf Ilse fürchterlich schrie. Die Tante beruhigte uns, setzte mich auf den blauen und Ilse auf einen anderen Stuhl. Auf einmal hatte ich das Gefühl, als ob es dem blauen Stuhl gefallen würde, wenn ich mit ihm schaukelte. Kaum fing ich damit an, als meine brave Kusine heulte: „Tante, Tante, die Susi schaukelt auf dem Stuhl, und das darf man nicht!" „Auf dem Stuhl darf man schaukeln, und brave Kinder fallen damit auch nicht um." Ich war sprachlos. Ganz vorsichtig schaukelte ich hin und her und hin und her. Dem Stuhl gefiel das. Ilse schaute mich böse an, sie wartete schon darauf, daß ich mit lautem Krach umfalle. Daraufhin begann ich wie wild zu schaukeln, sogar auf einem Stuhlbein — der blaue Küchenstuhl fiel nicht um! Die Sache begann mir etwas unheimlich zu werden, und ich stieg ab und setzte mich auf die Gartenmauer. Sofort kletterte Ilse auf den Stuhl. Empört wandte ich mich ab. Noch keine halbe Minute war vergangen, als Ilses Geschrei mich wieder hinsehen ließ. Da lag meine „brave" Kusine mitsamt dem Stuhl auf dem Boden. Und nun wußte ich genau, auch wenn mir keiner glauben wollte, daß ich sehr wohl ein braves Kind war.

Susanne Schmid, 14 Jahre, Schülerin in Malta (Kärnten)

Die gelbe Mütze

Als ich ein kleines Kind war, mochte ich es gar nicht, wenn man mir eine Mütze aufsetzte. Dabei hatte ich eine schöne, gelbe Mütze, die mir meine Oma zum Geburtstag gestrickt hatte. Eines Tages, es war im März, verlor ich meinen kleinen Ball, den ich so gerne hoch und weit warf. Schluchzend und sehr betrübt lief ich nach Hause. Meine Tante putzte mir die Nase und sagte: „Setz deine gelbe Mütze auf und such noch einmal, sicher wirst du ihn dann finden." Tatsächlich, ich fand meinen Ball

sofort. Von nun an konnte ich alles mögliche verlieren, sobald ich meine gelbe Mütze auf dem Kopf hatte, fand ich alles wieder.
Eines Tages im Mai saß ich wie so oft auf einem Bretterstoß hinter dem Haus und rief nach dem einzigen Huhn, welches von unseren fünf Hühnern noch übriggeblieben war. Ich wollte mit ihm reden. Es tat mir leid, weil es sich alleine so sehr langweilte. In meiner Hand hielt ich kleine, getrocknete Fischchen, die ich aus dem Hühnerfutter gesucht hatte. Ich lockte und rief, aber das Huhn kam nicht. Da machte die Nachbarin das Fenster auf und rief mir zu: „Dein Huhn ist in eurem Suppentopf gelandet."
Das konnte ich aber ja nun wirklich nicht glauben. Schnell holte ich meine gelbe Mütze, setzte sie auf und machte mich auf die Suche nach dem Huhn. Ich dachte mir, daß das Huhn vielleicht auf der steilen Geröllhalde sei, wo es immer so heiß ist und wo so viele Heckenrosen wachsen. Ein wenig Angst hatte ich schon, als ich den rutschigen Hang hinunterlief, denn es war für kleine Kinder verboten, dort herumzukriechen. Auf einmal blieb ich überrascht stehen. Zwischen alten Dosen und Glasscherben sah ich mein Huhn. Aber es hatte sich ganz verändert. Seine Brust und seine Flügel waren golden, um den Hals hatte es dunkelblaue, seidige Federn und einen weißen Kragen. So sehr ich das Huhn auch lockte, es kam nicht zu mir. Als es dann plötzlich mit knatterndem Flügelschlag aufflog und verschwand, wußte ich, daß es unser Huhn gewesen war und sich in einen schönen Vogel verwandelt hatte und lieber fortflog, als in unserem Kochtopf zu landen.
Meine schöne, gelbe Mütze ist irgendwann verlorengegangen, und viele Dinge, die ich seither verlegt habe, habe ich auch nie wieder gefunden.

Ulrike Schmid, 16 Jahre, Schülerin in Malta (Kärnten)

Wie die Himmelschlüssel zu ihrem Namen kamen

Eines Tages sah Susi, ein kleines Mädchen, bei einem Spaziergang mit ihrer Mutter eine Wiese mit schönen gelben Blümchen. Leider jedoch wußte niemand den Namen der Blumen. Das Kind pflückte ein Sträußchen und nahm es mit nach Hause. Am Abend brachte die Mutter Susi zu Bett. Sie schlief gleich ein und hatte einen sonderbaren Traum.
Zwei Englein kamen zum Fenster hereingeflogen und sagten: „Komm mit uns, wir wollen dir die Milchstraße und das Himmelstor zeigen." Die kleine Susi war sofort bereit. Sie steckte sich nur noch schnell ein gelbes Blümchen als Schmuck in das Knopfloch ihres Hemdchens, und los ging die Reise. Sie flogen an der Milchstraße und an vielen goldenen Sternen vorbei bis zum Himmelstor. Aber o Schreck! Da stand eine große Menschenschlange und konnte nicht hinein! Petrus lief ganz aufgeregt herum. Er fand den Schlüssel nicht. Die Kleine ging zu ihm und zupfte ihn an seinem Mantel. „Was willst du hier, siehst du nicht, daß ich den Schlüssel für die Himmelspforte suche?" fragte er ungehalten.
Susi nahm das Blümchen aus dem Knopfloch und hielt es Petrus hin. „Probier es damit", sagte die Kleine.
Die Menschen, die in der Nähe standen, und auch Petrus fingen an zu lachen. Da er aber das Mädchen zuerst so zornig angesprochen hatte, wollte er ihr nun die Freude nicht verderben. Er nahm die Blume und steckte sie mit dem Stiel in das Schlüsselloch. Ein Wunder geschah. Alle standen da und staunten: Mit einem lauten Knall war das Tor aufgesprungen! Petrus bedankte sich herzlich. Jetzt konnte er endlich die Menschen hereinlassen. Die beiden Englein aber brachten Susi wieder heim ins Bettchen.
Als Susi am nächsten Morgen aufgewacht war, lief sie gleich zu ihrer Mutter und rief: „Mutti, Mutti, nun weiß ich, wie die Blumen heißen: Das sind Himmelschlüssel!" Und sie berichtete ihrer Mutter den seltsamen Traum. Diese erzählte es weiter und weiter, und seither werden die Blumen Himmelschlüssel genannt.

Daniela Usel, 16 Jahre, Schülerin in Innsbruck

Die Abenteuer des Axolotls

An einem schönen Frühlingsabend saß das kleine, grüngestreifte Axolotl, das nach alter Sauriermanier den ganzen Tag nichts Brauchbares getan hatte, unter seinem Orangenbaum. Orangen essend träumte es von den letzten fünf Tagen, in denen sich wieder einmal nichts ereignet hatte, da zu seinem Bedauern sein einziger Freund, der kleine Enylius, der ein kleines, rotgetupftes Nilpferd und seiner eigenen Meinung nach auch ein großer Wissenschaftler war, eine lange Reise unternommen hatte. Axolotls einziger Trost in dieser verzwickten Lage war der Gedanke, daß Enylius ihm versprochen hatte, sich bald wieder bei ihm zu melden. Dazu hatte das kleine Axolotl noch ein anderes Problem. Es hatte nämlich von der fahrenden Sängerin Amselka erfahren, daß aus dem Zoo der nahegelegenen Stadt der riesige, axolotlfressende Krokofant ausgebrochen war.

So saß nun unser kleiner Freund unter dem Orangenbaum und fürchtete sich einerseits vor dem riesigen Krokofanten, andererseits freute er sich aber schon auf seinen Freund Enylius, der, wie er gesagt hatte, in zirka drei Tagen wieder zu Hause sein wollte. Als nun das kleine Axolotl unter seinem Orangenbaum genug Orangen gegessen hatte, stand es auf und befühlte prüfend seinen Bauch. Da dieser nun mit einer Unmenge von Orangen angefüllt war, gab das Axolotl ein zufriedenes Grunzen von sich.

Der dritte Tag nach Enylius Abreise war angebrochen. Axolotl kämmte sich wie jeden Morgen sein üppig vorhandenes Haar und wusch sich das Gesicht. Es setzte die rosarote Sonnenbrille auf, die aber wegen seiner Aufregung heute nicht zu funktionieren schien. So legte es sich an den Fluß, um die Ankunft seines Freundes zu erwarten. Sonderbarerweise erschien ihm die Welt durch seine Brille heute nicht ganz so rosig wie gewöhnlich, doch da ihm die Sonne auf den Bauch schien und es genug gegessen hatte, fühlte es sich auch so recht wohl.

Die Angst vor dem riesigen, axolotlfressenden Krokofanten war schon fast vergessen, als es in einiger Entfernung eine große Staubwolke sah. Zuerst legte es ängstlich seine rosa Sonnenbrille beiseite und versteckte sich hinter einem großen Felsen. Die Staubwolke kam immer näher, und Axolotl glaubte, seinen Freund Enylius an der Spitze einer aus zwei bis drei Tieren bestehenden Karawane zu erkennen. Tatsächlich, es war

Enylius. Aber wen hatte er mitgebracht? Neugierig schaute das Axolotl aus seinem Versteck, konnte aber niemanden außer Enylius erkennen. Sosehr das Axolotl auch nachdachte, die übrigen Reisenden waren ihm unbekannt.

Die Karawane blieb auf der anderen Seite des Flusses stehen. Da wagte sich das Axolotl endlich aus seinem Versteck heraus und begrüßte mit dicken Sauriertränen in den Augen seinen einzigen Freund. Nun machte Enylius seine neuen Freunde mit Axolotl bekannt. Da war ein kleiner, himmelblauer Affe, der das Axolotl durch seinen intelligenten Blick beeindruckte. Enylius erklärte Axolotl, daß der himmelblaue Affe Augustus hieße und ebenso wie er an der Wissenschaft sehr interessiert sei. Und dann war da ein Tier, das das Axolotl bis jetzt noch nie gesehen hatte: ein gelber Elefant, aber so besonders klein, daß er in einem Schuhkarton Platz gehabt hätte. Dieser kleine gelbe Elefant, der, wie Enylius sagte, Brucknerikus hieß, war nicht gerade ein großer Wissenschaftler, doch er war ungeheuer musikalisch. Er konnte seinem kleinen Rüssel die kompliziertesten Notenfolgen entlocken.

Sie alle wurden stürmisch begrüßt. Nun waren sie zu viert, was dem kleinen Axolotl ein Gefühl der Sicherheit gab. Gespannt hörte es den Erzählungen des Enylius zu, der von einem Land berichtete, das weit im Osten lag. Es war, wie sich herausstellte, die Heimat des Krokofanten, der dieses weite Land beherrschte. Der Krokofant lebte dort in einer eigenartigen Landschaft. Überall wuchsen Felsen aus dem Boden, in denen sich riesige Höhlen und Grotten bildeten. In einer dieser Höhlen hauste der Krokofant und hatte dort auch einige Axolotls eingesperrt.

Enylius war der Meinung, daß die vier Freunde verpflichtet wären, diese zu retten. Nach einigem Zögern waren alle vier derselben Meinung, und auch das ängstliche Axolotl konnte nicht zulassen, daß seine Verwandten ein so qualvolles Leben fristen sollten.

Da es gerade Essenszeit war, lud das Axolotl nun alle zu einem kräftigen Orangenmüsli mit Orangensaft ein. Die drei, die schon lange keine Orangen mehr zu Gesicht bekommen hatten, ließen sich nicht zweimal bitten. Nachdem sie ordentlich gespeist hatten, sprangen sie alle bis auf den kleinen Affen Augustus, der sehr wasserscheu war, in den Fluß, um sich abzukühlen. Augustus warf eine der größten Orangen des Orangenbaumes in den Fluß, und sofort begannen die vier Freunde mit einem wilden Wasserballmatch. Nachdem die Mannschaft Enylius — Augustus nach zweistündiger Spieldauer über die Mannschaft Axolotl —

Brucknerikus 3:1 gesiegt hatte, stiegen alle ganz erschöpft aus dem Wasser und legten sich schlafen, um am nächsten Morgen für die Reise in das Land des Krokofanten gewappnet zu sein.
Am ersten Tag ihrer Reise kamen sie zu einem großen Sumpfgebiet, durch das nur ein einziger Weg führte, den sie dann auch fanden. Darauf durchquerten sie das Land der Musik, aus dem unser kleiner Freund Brucknerikus stammte. Hätten die anderen drei nicht gebeten und gebettelt, hätte er hier wahrscheinlich seine Reise vorzeitig beendet. Nun waren sie nicht mehr weit vom Land des Krokofanten entfernt. Sie hatten nur noch das Land der Bananen zu durchqueren. Hier wäre Augustus am liebsten abgesprungen, denn hier wuchsen Bananen in allen Variationen — rote, gelbe, grüne, blaue, kleine, große und noch viele andere. Endlich am Ziel ihrer Wünsche angekommen, legten sie sich unter einen sehr alten, dürren Baum, der schon viel erlebt und gesehen hatte.
Sie waren gerade dabei einzuschlafen, als der Baum zu sprechen begann. Er sagte: „Ich weiß, warum ihr hier seid! Stellt keine Fragen, ich werde euch nichts verschweigen, was ihr wissen müßt!" Sie wollten schon erstaunt etwas erwidern, da begann er von neuem zu sprechen: „Ich bin sehr alt, und wenn mir nicht bald jemand Wasser aus der Höhle des Krokofanten bringt, werde ich wohl sterben. Darum bitte ich euch, überlistet den Krokofanten, befreit eure Freunde und bringt mir das Wasser."
Dann war wieder Stille. Der heiße Wind des Landes pfiff wieder durch die dürren Äste. Da vergaßen unsere Freunde ihre Müdigkeit und brachen zur Krokofantenhöhle auf.
Dort angekommen, öffneten sie leise das Tor zur Höhle. Gottlob, der Krokofant ist nicht zu Hause, dachte der kleine Affe Augustus. Sie sahen sich in der Höhle um — alles war schmutzig und unaufgeräumt. Doch sie fanden keinen Zugang zum Gefängnis der Axolotls.
Plötzlich stand der Krokofant im Eingang und wackelte bedenklich mit dem linken Ohr. Er fragte mit verstellter Stimme: „Was sucht ihr hier?" Das Axolotl, das im Moment der mutigste der vier Freunde war, erhob das Wort: „Wir sind hier, um meine Verwandten zu befreien!" Da wurde der Krokofant sichtlich böse, denn jetzt wackelte er auch mit seinem rechten Ohr. Ängstlich trat das Axolotl einen Schritt zurück und fiel auf sein gutgepolstertes Hinterteil. Daraufhin begann der Krokofant so schallend zu lachen, daß sich über ihm ein Felsbrocken löste und ihm genau auf den Schwanz fiel.

Nun muß man wissen, daß der Krokofant nicht von Anfang an böse war. Er wurde es erst, als ihm vor vielen Jahren ein Stein auf just dieselbe Stelle gefallen war. An dieser Stelle hatte sich eine große, schmerzhafte Beule gebildet, die den Krokofanten immer mißmutiger und böser werden ließ. Jetzt aber, da zum zweitenmal ein Stein auf diese Stelle gefallen war, waren die Schmerzen und die Beule wie weggeblasen, und der Krokofant wurde nett und noch viel netter. Er rief: „Gerste, öffne dich!" Da öffnete sich eine Tür im Fels, und es kamen fünfzehn bis zwanzig kleine und große Axolotls heraus. Unser Axolotl ließ vor Freude einen Schrei los und rief: „Jetzt haben wir endlich wieder genug Teilnehmer für meine Orangenparty!"
Dann zogen sie in Richtung Heimat, vergaßen aber nicht, das Wasser für den alten Baum mitzunehmen. Beim Baum angelangt, gaben sie ihm zu trinken, und siehe da, er wurde wieder grün und groß und stark. Doch plötzlich passierte etwas Unglaubliches. An den Wurzeln des Baumes entsprang eine Quelle, ein Bach bildete sich, und langsam schrumpften die riesigen Felsen, und das Gras wuchs so schnell, daß man es hören konnte, Vögel flogen durch die Luft — alles war wieder in Ordnung. So zogen sie weiter, bis sie endlich zu Hause waren.
Nun veranstaltete das kleine Axolotl eine Wiedersehens-Orangenparty, und alle waren zufrieden. Als alle gegangen waren, legte sich das kleine Axolotl wieder unter seinen Orangenbaum, setzte seine rosarote Sonnenbrille auf und schlief in den nächsten Tag.

Christian Tidl, 18 Jahre, Schüler in Badgastein (Salzburg)

Das leere Buch

Ein Buch mit lauter leeren Seiten ging einmal in einem Park spazieren. Es war so allein und traurig. Die Sonne schien. Das Buch legte sich in die Wiese und dachte an die vielen beschriebenen Bücher in den Schränken der Menschen: „Sie alle sind voll von klugen Worten. Wie stolz sie doch sein dürfen! Und was bin ich? Leer und wertlos wandle ich durch die Welt, keiner kann mich gebrauchen!" Das leere Buch sehnte sich danach, mit weisen Gedanken, Liebesgedichten und schönen Zeichnungen gefüllt zu werden. In diesem Augenblick stolzierte ein Schreibstift vorbei, verneigte sich, lächelte und sagte: „O wie schön Sie sind! Schon lange habe ich solch ein Buch gesucht, aber ich fand immer nur beschriebene, die mich nicht mehr brauchten. Darf ich auf einer Ihrer schönen, weißen Seiten ausprobieren, ob meine Mine überhaupt noch funktioniert?" „O ja!" antwortete das einsame Buch und öffnete sich in der Mitte. Der Schreibstift schrieb und schrieb – weise Gedanken, Liebesgedichte und Zeichnungen füllten das Buch. Immer mehr wurden Schreibstift und Buch eins, bis die Mine schließlich leer war. Der Schreibstift war nicht traurig darüber, daß seine leere Hülle nun zu nichts mehr taugte, denn er hatte seine Aufgabe erfüllt und in den Buchstaben des Buches ein neues Leben gefunden. Auch das Buch war ganz selig, nun endlich zu dem geworden zu sein, wozu es bestimmt gewesen war. Blatt und Schrift gehörten nun für immer fest zusammen.

Elisabeth Buchberger, 22 Jahre, Volksschullehrerin in Pregarten (Oberösterreich)

Die Lauscher

Vor langer, aber noch lebendiger Zeit lebten Lauscher. Die Lauscher waren voll von Bereitschaft, sich niederzulassen und zu lauschen. Und was da alles zu erlauschen war: Die Luft war voller kunterbunter Klänge. Die Lauscher waren so einfühlsam, daß sie sogar die Klänge des Grases wahrnahmen. Neben ihrer Eigenschaft zu lauschen war ihnen auch gegeben, einander mit wundervollen Klängen zu beschenken. Sie fanden Klänge für Traurigsein und unzählig viele Klänge für Freude. All diese Klänge klangen ewig, Leben und Sterben, Sonne und Mond. Kein Lauscher fürchtete das Ende, da es gleichklingend wie der Anfang zu erlauschen war. Eines Tages kam ein Mann, der Wissenschuft, ein Wissenschaftler. Er bot Kurse an: Differenzierung der auditiven Antizipation hinsichtlich endogener und exogener Faktoren! Und die Lauscher lernten, einzelne Klänge zu isolieren und diskriminieren, kurzum, sich zu perfektionieren. Sie lernten zu selektieren, in wen von nun an Lauschen investiert werden sollte. Im Zuge der progressiven Emanzipation dividierten sie die Klänge in „minimal elements“. Und eines Morgens, als die Lauscher erwachten, wußten sie, wie gehört werden mußte. Und sie hörten Höllenlärm!

Nadja Karlburger, 22 Jahre, Studentin in Wien

Florian erwacht

Eines Morgens erwachte Florian und wollte sich recken und strecken wie gewöhnlich. Doch was war das? Vorsichtig wippte er nochmals mit seinem rechten Bein und probierte, seinen Fuß zu bewegen – aber schon wieder hinderte ihn etwas daran. Florian versuchte es mit dem linken Bein – umsonst! Langsam fühlte er sich unsicher. „Das gibt's doch gar nicht!“ meinte er mit fester Stimme. „Jetzt strecke ich meine Arme ganz schnell nach vor, und dann werden wir schon sehen, ob ich aufstehen kann oder nicht.“ Florian streckte also rasch seine beiden Hände vor und stieß wieder an diese komische Mauer, die er schon mit seinen Beinen gespürt hatte. Langsam wurde er ungeduldig und wollte sich so richtig recken und strecken. Aber wohin er sich auch ausdehnen wollte, nirgends fand er Platz dazu. Florian verstand nun überhaupt nichts mehr. „Ich bin doch erst gestern ganz normal aufgestanden – was soll das? Was ist nur los mit mir?“ Verwirrt und erstaunt kroch er wieder unter seine weiche, kuschelige Decke und schlief weiter. Nach einer Weile erwachte Florian und dachte: „So, jetzt bin ich aber wirklich ausgeschlafen – jetzt probiere ich es noch einmal!“ Aber wie er es auch versuchte, es gelang ihm einfach nicht, aus dem Bett zu steigen und sich aufzurichten. „Auch gut, was soll's? Andere schlafen auch ständig – also schlafe ich auch weiter!“ Und Florian schlief und schlief.
Zwischendurch erwachte er ab und zu, streckte seine Hände aus dem Bett, spürte aber immer wieder diese fremde, kalte Mauer und schlief weiter. Als er nun wieder einmal erwachte und an die glatte Mauer stieß,

zog er traurig und müde seine Hände zurück unter die warme Decke. „Schlafen kann ich jetzt nicht mehr — ich bin ja kein Murmeltier!" dachte Florian. Lange, lange Zeit lag er in seinem vertrauten Bettchen, verschränkte die Arme hinter dem Kopf und dachte nach. Plötzlich hatte er eine Idee! Florian hüpfte mit beiden Beinen gleichzeitig aus seinem Bett. „Au! Das war mein Kopf!" Das hat ja ordentlich gekracht — als ob er gesprungen wäre. Nochmals legte sich Florian ins Bett und hielt sich seinen brummenden Kopf. Dabei sah er sich die Mauer genau an. Wie seine wachen Augen auf und ab glitten, entdeckte er plötzlich einen langen Riß. „Hurra, hurra — die Mauer hat einen Sprung." Nun hielt ihn nichts mehr länger in seinem Bett. Übermütig sprang Florian mit einem Satz heraus und stemmte sich mit ganzer Kraft gegen die gesprungene Mauer. Rundherum begann es zu krachen — Florian drückte immer fester — die Sprünge wurden ganz weit — und dann — ein lautes Rumpeln und Poltern, und Florian schaute verwundert um sich: Blauer Himmel war über ihm, rundherum blühten bunte Blumen und summten kleine Käfer. Florian konnte nur noch staunen und sich freuen. Die Mauer war gar keine Mauer, es war nur eine Schale, Florians Schale, deren Reste er nun übermütig von sich warf. Aufgeregt lief er zu den übrigen Kücken, die ihn bereits erwarteten, um mit ihnen zu spielen.

Gabriele Permes, 23 Jahre, Studentin in Wartberg (Steiermark)

Benjamin, das schöne Schaf

Auf einer steinigen Wiese hoch im Norden Schottlands saß ein kleiner Junge. Er und ein großer, haariger Hund waren die Hirten einer kleinen Schafherde. Es waren schöne Tiere, die ein dichtes, wolliges Fell hatten. Der Besitzer, ein Farmer, konnte stolz auf sie sein. Unter den Schafen befand sich auch ein junger Bock, der erst ein Jahr alt war. Dieser benahm sich aber ganz anders als die übrigen Schafe. Er war so stolz auf sein glänzendes, weißes Fell, daß er die meiste Zeit damit verbrachte, sich zu putzen. Hätte er einen Spiegel besessen, er wäre den ganzen Tag davor

gestanden, um sich zu bewundern. Deshalb wurde er auch von seinen Altersgenossen der „Schönling" genannt.
Doch bald kam ein Tag, der Benjamin, dem schönen Schaf, große Sorgen bereitete: Eines schönen Morgens ging es nicht wie gewohnt vom Stall zur Wiese, sondern hinunter zum Fluß, wo saftiges Gras wuchs. Benjamin freute sich schon auf eine gute Mahlzeit. Aber es sollte anders kommen. Geschäftig lief der Hund umher und trieb alle Schafe in das kalte Wasser. Dort wurden sie von groben Männerhänden an den Hörnern gepackt und ins tiefere Wasser gezogen. Die Schafhirten begannen nun das Fell der Tiere zu waschen und zu schrubben. Benjamin versteckte sich hinter den Büschen, um dieser Prozedur zu entkommen, aber der Hund verstand seine Arbeit und holte auch ihn ins kalte Naß. Blökend, mit allen vier Füßen um sich schlagend, wehrte sich das sonst so sanfte Schaf. Umsonst. Als letzter stieg Benjamin pudelnaß ans Ufer und lief zu seinen Artgenossen, die schon wieder friedlich grasten. Todunglücklich blickte er auf sein Fell. Früher war es schön und glänzend gewesen, jetzt sah es häßlich und zottig aus. Von Kopf bis Fuß schüttelte er sich so lange, bis er fast wieder trocken war. Danach stellte er sich in die Sonne und wärmte sich.
Gerade als es Zeit zum Mittagsschläfchen war, kamen die Männer wieder. Vor Angst laut blökend, versuchte Benjamin zu fliehen, rannte aber in der Aufregung in die falsche Richtung: genau dorthin, wo ihn die Männer haben wollten. Nun wurde er als erster gepackt, in den Stall gezerrt und — wie schrecklich — ganz kahl geschoren. Das ganze Fell wurde ihm abgeschnitten! Benjamin war todunglücklich. Er schlich sich in eine Ecke des Schuppens, verkroch sich ins Heu und weinte sich in den Schlaf.
Am nächsten Morgen stand er auf und lief mit den anderen Schafen auf die Weide, da ihn der Hunger wieder plagte. Dort sah er zu seinem Entsetzen, daß alle seine Artgenossen kahlgeschoren waren. Auf langen Stangen aber war die Wolle aufgehängt; davor saßen die Frauen und bearbeiteten sie mit großen Kämmen. Später wurde der wollige Schafspelz zu langen, dünnen Fäden gesponnen. Benjamin schaute mit großen, traurigen Augen zu und konnte sich so gar nicht vorstellen, was damit weiter geschehen sollte. Es war doch unsinnig, sein schönes Haar zu nehmen und gräßliche, dünne Fäden daraus zu ziehen.
So vergingen einige Wochen, und der Winter zog ins Land. Weiße Flocken fielen vom Himmel, und draußen wurde es bitter kalt. Benjamins Fell

war inzwischen wieder so weit gewachsen, daß er nicht frieren mußte. Plötzlich hörte Benjamin lautes Gelächter und Geschrei hinter sich. Er drehte sich um. Was er da sah, konnte er fast nicht glauben: Kinder liefen im Schnee umher, die irgendwie aussahen wie Schafe. Sie hatten Mützen auf dem Kopf und Pullover an, deren Farbe dem eines Schaffelles genau glich: Und jetzt wußte der kleine Bock, wozu man ihm sein Fell geschoren hatte.

Maria Kühhaas, 25 Jahre, Volksschullehrerin in Sandl (Oberösterreich)

Der bunte Elefant

In einem Zoo lebte einmal ein Elefant. Er war sehr traurig, weil die Besucher ihn nicht so bewunderten wie all die anderen Tiere. Er war nämlich noch kein besonders großer Elefant und hatte auch keine großen Stoßzähne wie sein Vater. Er war ganz einfach nur ein normaler, grauer Elefant. Von den anderen Tieren im Zoo waren die Leute begeistert. Sie sagten: „Seht die lustigen Affen an!“ „Was für schöne Farben die Papageien haben.“ Alle Tiere hatten etwas, das den Leuten gefiel. Nur vor seinem Käfig meinten sie enttäuscht: „Der ist ja nicht einmal richtig groß.“ Und seine graue Haut gefiel den Besuchern auch nicht. Der Elefant hörte diese Bemerkungen und wurde immer trauriger. Er wurde so traurig, daß ihm das beste Futter nicht mehr schmeckte. Den ganzen Tag stand er in einer Ecke und starrte still vor sich hin. Eines Tages, als er wieder einsam und betrübt auf die Besuchermenge blickte, schob sich eine Hand, die einen Apfel hielt, durch die Gitter. Der Elefant sah auf und erblickte einen kleinen Jungen, der ihn neugierig ansah.
„Warum bist du so traurig?“ fragte der Junge.
„Niemand mag mich, weil ich so klein bin und keine schöne Farbe habe“, antwortete der Elefant.
„Laß mich überlegen, vielleicht kann ich dir helfen.“
Der Junge setzte sich ins Gras vor dem Elefantenkäfig und überlegte. So saß er eine ganze Weile und dachte nach. Plötzlich sprang er auf. „Ich hab's!“ rief er, „warte noch ein wenig, ich komme gleich wieder“, und lief davon.

Der Elefant wartete. Nach ein paar Stunden tauchte sein Freund wieder auf. Er schleppte ein schweres Paket, das er vor dem Käfig abstellte. „So, und jetzt strecke einen Fuß nach dem anderen durch die Gitterstäbe heraus", sagte er zum Elefanten. Er klebte dem Elefanten an jedes Bein einen großen Holzklotz. „Jetzt bist du viel größer!" meinte er. Der Elefant freute sich. Langsam versuchte er zu gehen. Vorsichtig setzte er einen Fuß vor den anderen, aber plötzlich geschah es: Er knickte um und fiel hin. „Das war wohl nicht das richtige", sagte der Junge. Und der Elefant wurde abermals traurig.

Da lief der Knabe wieder davon. Kurz darauf kam er zurück. Er trug einen Malkasten unter dem Arm und viele Pinsel. Durch die Gitterstäbe hindurch begann er den Elefanten zu bemalen. Er malte Blumen und Bäume und Häuser in allen Farben. Der Rüssel wurde ebenso bunt bemalt wie die Ohren. Die Füße färbte der Junge blau, gelb, lila und orange und den Schwanz rot. Nach einigen Stunden Arbeit sah der Elefant völlig verwandelt aus. Nun war er nicht mehr grau, sondern er schillerte in allen Farben. Sogar über den großen Elefantenbauch liefen die buntesten Streifen.

Fröhlich trompetete der Elefant vor sich hin. Er bemerkte, wie die Leute stehenblieben und sagten: „Seht euch den Elefanten an, der sieht toll aus! So einen bunten habe ich noch nie gesehen!"

Da freute er sich. Vor lauter Freude begann er wieder zu fressen. Und weil er soviel fraß, begann er auch wieder zu wachsen. Er wuchs und wuchs, bis er eines Tages groß und mächtig wurde und zwei riesige Stoßzähne bekam. Da machte es auch nichts , daß der Regen allmählich all die schönen Farben herunterwusch, denn nun bewunderten ihn die Leute auch so.

Gertraud Thaller, 25 Jahre, Hausfrau in Auersthal (Niederösterreich)

Der Badeofenverkäufer

Herr Brause ist Badeofenverkäufer. Warum er das ist, ist aus zweierlei Gründen äußerst kompliziert. Erstens sollte man, wenn man Brause heißt, nicht gerade Badeöfen verkaufen, und zweitens sind die Zeiten so modern geworden, daß die Leute nur mehr sehr selten Badeöfen kaufen. Die Menschen in der Badeofenfabrik erzeugen aber immer wieder neue Öfen, weil sonst keine Arbeit zu finden ist, und Herr Brause als einziger Verkäufer muß sehen, wie er sie an den Mann bringt. Manchmal gelingt es Herrn Brause, jemandem einen Badeofen zu verkaufen, der gar keine Badewanne besitzt und den Ofen nur kauft, damit die Arbeiter nicht arbeitslos werden. Aber meistens muß Herr Brause zum Bürgermeister der kleinen Stadt. Der hat bereits eine Halle bauen lassen, in der er alle Badeöfen sammelt, die er Herrn Brause abkauft. Herrn Brause ist klar, daß es so nicht weitergehen kann. Um diese Halle bauen zu können, hat der Bürgermeister das Geld, das für das Krankenhaus und die Wasserleitung der Stadt gedacht war, verwendet. Noch dazu ist nun diese Halle bereits voll mit tausenden Badeöfen. Herr Brause macht sich also auf, um wieder neue Käufer zu finden. Aber in jedem Haus, in jeder Wohnung, die er betritt, stehen schon ein oder mehrere Badeöfen. Und sie stehen dort nur für den Notfall neben elektrischen Heißwasserspeichern und Durchlauferhitzern.
In seiner Verzweiflung geht Herr Brause zum Alteisenhändler und klagt ihm sein Leid. Der Alteisenhändler überlegt einen Augenblick und schlägt Herrn Brause vor, alle Badeöfen aus der Halle um den Schrottpreis zu kaufen. Herr Brause erzählt es dem Bürgermeister, und der ist begeistert. Zwei Fliegen mit einer Klappe erschlagen. So ist wieder Platz für weitere tausend Badeöfen, und der Alteisenhändler kann aus den nichtgebrauchten Badeöfen wertvollen Rohstoff für die Badeöfenerzeugung zurückgewinnen, der ohnedies schon knapp geworden ist.
Mit dem Geld, das der Bürgermeister von nun an immer vom Alteisenhändler bekommen hat, hat er eine Psychiatrische Klinik bauen lassen. Und wenn er nicht gestorben ist, dann ist er heute noch in Behandlung.

Jonny Diewald, 26 Jahre, kaufmännischer Angestellter in Altenhof (Niederösterreich)

Die kluge Füllfeder

Vor einiger Zeit gab es einmal eine Füllfeder. Ihr werdet nun bestimmt denken, das sei nichts Besonderes, es gibt ja Hunderte von Füllfedern oder Tausende oder noch mehr. Aber ihr irrt: Diese Füllfeder war etwas ganz Besonderes. Sie hatte einen eigenen Willen, und sie konnte mitdenken, was man gerade mit ihr schrieb. Ihr Erfinder war ein alter, weiser Mann, der den Menschen etwas Gutes tun wollte. Er gab die Füllfeder zuerst an einen Lehrer weiter, von dem er wußte, daß er sehr streng war. Im Sommer, als dieser Zeugnisse schreiben mußte, ging zunächst alles gut. Bis der strenge Mann ein „Nicht genügend" schreiben wollte. Es ging einfach nicht! Die Füllfeder zeichnete immer wieder ein „Genügend" auf das Papier! Der Lehrer bekam es mit der Angst zu tun, warf das Zeugnis und die Füllfeder weg und lief auf und davon. Der weise, alte Mann aber lächelte und holte das Zauberding zurück. Dann schickte er die Füllfeder an einen Geschäftsmann, der gerade einen wilden Streit mit einem anderen Kaufmann hatte. Der zornige Mann wollte die ärgsten Schimpfwörter, die ihm einfielen, zu Papier bringen. In seiner Wut schaute er gar nicht, was er schrieb. Er steckte den Brief in einen Umschlag und schickte ihn ab. Nach zwei Tagen bekam er einen wunderschönen Antwortbrief, und der Streit war beendet. Die Füllfeder war eben klüger gewesen; statt „Betrüger" und „Gauner" hatte sie nur liebenswürdige Worte verwendet. Nach der Erfüllung dieser Aufgabe geriet die Füllfeder in die Hände eines großen Regierungsmannes. Dieser wollte unbedingt mit anderen Ländern Krieg führen. Dafür brauchte er aber viele Waffen. Daher bestellte er Tausende und Abertausende der schrecklichsten Kriegsgeräte. Auch er war so in Gedanken versunken, daß er nicht auf das Geschriebene achtete. Nach einer Woche kam die Lieferung. Der arme Regierungsmann wurde nach diesem Tag in seinem Lande nicht mehr gesehen. Und die tausend Portionen Schokolade, Keks und süße Köstlichkeiten wurden an die Kinder verschenkt. Das war der schönste Tag für alle Menschen in diesem Land. Und wenn die Füllfeder nicht irgendwann irgendwie verlorengegangen wäre, dann gäbe es heute weder Waffen noch Krieg!

Christine Rehorska, 28 Jahre, Sonderschullehrerin in Mureck (Steiermark)

Der chinesische Drache

Es war einmal ein chinesischer Drache, der war auf Pergament gemalt. Er hing an einer Wand und schaute Tag für Tag, was sich so im Zimmer tat. „Ach, könnte ich doch fliegen", wünschte er sich oft, „und mich einmal so richtig durch die Luft schlängeln, wie es sich für einen chinesischen Drachen geziemt."

Und weil er immer so traurig schaute, erschien ihm eines Tages einer der vielen blauen Wunschgeister und fragte: „Nun, du Drache, bist du nicht mehr zufrieden auf deinem Pergament?"

„Immer diese verdammte dünne Fläche! Wozu hat ein Drache Flügel, wozu speit er Feuer?" Der hellblaue Wunschgeist ließ also den Drachen aus dem Pergament heraus, und sogleich flog er, so schwarz, wie er war, im Zimmer umher und dann zum Fenster hinaus. Da lag sie nun vor ihm, die kühle, dunkle Nacht, und er stieg auf, so hoch er konnte. Von der Erde aus waren nur noch die Flammen zu sehen, die aus seinem Maule sprühten. Er war so glücklich, daß er damit alle anzustecken vermochte. Darum fiel ihm auch das Jammern in einer Hütte auf, das man weithin hören konnte. Es war der Künstler Huang Ho, der so zeterte. Er hatte vom König den Auftrag erhalten, ein Bild in Glas zu ritzen, so schön, daß es auch den anderen Königen gefiel. Schnell flog der chinesische Drache zu ihm durchs Fenster.

„Bist du aber schön!" rief Huang Ho, „genau das, was ich suche. Ich probierte schon Vögel, Blumen, Hunde, Frauen, doch nichts kommt der ehrwürdigen Schönheit eines chinesischen Drachen gleich."

Sofort holte er sein Werkzeug und wollte den chinesischen Drachen porträtieren. Der Drache wollte ihm den Wunsch gerne erfüllen, denn er fühlte sich geehrt durch die Worte des Künstlers. Doch er konnte beim besten Willen nicht ruhighalten und schlängelte dauernd hin und her. „Halt still, du Ausgeburt des Windes!" fluchte Huang Ho. Als er merkte, daß er einen sich dauernd schlängelnden chinesischen Drachen unmöglich porträtieren konnte, fing er wieder jämmerlich an zu schreien: „Der König wird mich köpfen lassen. Er wird mich rädern", jammerte er, „wenn ich Seiner Hoheit kein Bild liefere."

Das jedoch wollte der chinesische Drache nicht, und er sagte: „Geh in mein Haus, dort findest du an der Wand ein Stück leeres Pergament, dies bring her, und du wirst mich ganz bewegungslos finden."

Sogleich lief der Künstler los und kehrte mit dem Pergament zurück. Er legte es auf den Boden und der chinesische Drache schlängelte sich wieder hinein. Nun mußte er ruhen, und der Künstler ritzte ihn schnell ins Glas. Seither erfreut der Drache auf dem Glas die Herzen und Augen aller, die ihn ansehen.

Andreas Schulter, 29 Jahre, Handelsarbeiter in Linz

Der Polstermöbel neue Kleider

Es waren einmal Polstermöbel. Eine Couch und zwei Sessel. Sie standen in einem Wohnzimmer und waren nicht mehr ganz neu. Der Stoffbezug war schon ziemlich dünn. Doch es machte ihnen nichts aus, war es doch im Zimmer immer recht warm. Außerdem hatten sie gute Freunde, nämlich die zwei Buben der Familie. Fast täglich spielten sie miteinander. Die Sitzgruppe verwandelte sich oft in einen Zug, ein Haus oder sogar in ein Sprungbrett! Den Polstermöbeln machte das nichts aus, sie waren ja durch und durch aus Schaumstoff, der das Springen der Kinder gut vertragen konnte. Dazu bekam die Sitzgruppe als Belohnung ab und zu einen Schluck Saft oder ein paar Keksbrösel. Wenn Besuch kam, merkten das die Polstermöbel genau, denn die Hausfrau sagte dann immer denselben Satz: „Entschuldigen Sie, die Polstermöbel sind nicht mehr ganz neu!" Doch sie schämten sich nicht, beteuerten doch alle Gäste: „Das macht doch nichts, Sie haben ja Kinder!"

Eines Tages wurde jedoch alles anders. Die Polstermöbel wurden in eine Werkstätte gebracht und bekamen neue Kleider. Schöne, helle Kleider! Und nun begann das Leid. Die Kinder durften nicht mehr mit ihnen spielen, und Saft und Kekse bekamen die Polstermöbel überhaupt nicht mehr zu sehen. Nicht einmal über ihre neuen Kleider konnten sie sich freuen, denn sie wurden mit dunklen Schonbezügen verhüllt. Nur Besuch war weiterhin sofort zu erkennen, denn die Hausfrau sagte nun immer: „Entschuldigen Sie bitte die Schonbezüge! Sie sind wegen der Kinder."

Ja, es war ein trauriges Dasein. Doch einen Hoffnungsschimmer hatten

die Sessel noch und sprachen zur Couch: „Wenn wir nur einige Jahre Geduld haben und nicht mehr so neu sind, dann wird es wieder besser." Da antwortete die kluge Couch: „Hoffentlich sind bis dahin die Kinder nicht schon zu groß, um sich mit uns noch abzugeben!"
Keiner weiß, wie dieses Märchen geendet hätte, wenn nicht eines Tages vornehmer Besuch gekommen wäre. Die Hausfrau entfernte die Schonbezüge. Es wurde ein fröhlicher Abend, und zu später Stunde bekamen auch die Polstermöbel ein paar Schlückchen Wein und etwas Mayonnaise ab. Am nächsten Morgen war alles wieder wie früher. Die neuen Kleider wurden nicht mehr verhüllt, und das schönste war: Die Kinder durften wieder mit ihnen spielen.

Maria Kopenec, 31 Jahre, Hausfrau in Schwarzach im Pongau (Salzburg)

Edgar, das blaue Ohrwürmchen

Ich hab' ein Haustier. Es heißt Edgar und bewohnt mein rechtes Ohr. Jetzt wißt ihr sicher (es ist ja leicht zu erraten), daß mein Edgar ein kleines blaues Ohrwürmchen mit Knopferlaugen ist und zwei winzige goldene Zangerln am Körperende hat. Wenn es nach mir ginge, hätte ich im linken Ohr einen Susiwurm. Aber meine Mutti (eine resolute Dame) meint: „Ein Haustier ist ja nun wirklich genug!"
Nun ein bisserl was zur Person Edgars: Er ist drei Zentimeter lang, trägt mit Vorliebe Jeans und lange, buntbedruckte Seidentücher. Außerdem liebt Edgar Musik von den Beatles, Stones und Bob Dylan. Edgar hat im November Geburtstag. Stellt euch vor, in diesem Jahr hat sich Edgar ein Skateboard gewünscht! Zum erstenmal mußte ich meinem geliebten Edgar einen Wunsch abschlagen. Edgar und ein Skateboard in meinem Ohr! Na ja, dachte ich mir, jetzt mußt du ein anderes passendes Geschenk für ihn suchen. Da Edgar auf Handarbeit steht, häkelte ich ihm ein Mützchen, kaufte ihm ein Flinserl am Flohmarkt (für den unter uns gesagt Edgar auch eine Vorliebe hat) und bastelte ihm einen roten Schaukelstuhl. Trotz der kleinen Enttäuschung wegen des Skateboards (er versteht es meisterhaft, seine Gefühle zu verbergen) flippte Edgar beinahe aus. Vor Freude, wie er leicht errötend feststellte.

Wenn ich mir, was ab und zu vorkommt, die Ohren wasche, baue ich meinem Edgar ein Papierschifferl. Edgar paddelt dann quietschvergnügt in der zugegeben nicht immer ganz sauberen Seifenlauge. Das ist dann, wie er glaubhaft versichert, sein Beitrag zu Sport aktiv. Ich liebe ihn, er liebt mich, und so soll es bleiben, jetzt und alle Zeiten.

Monika Michalek, 34 Jahre, Hausfrau in Wien

Der weitgereiste Teddybär

Xandis Augen waren voll Tränen, schluchzend setzte sie sich auf eine Parkbank nahe dem Kinderspielplatz. Da spürte sie ein Streicheln, und eine fremde, gütig blickende Frau fragte sie: „Warum weinst du?" „Ich habe meinen Franzi-Bären verloren, er ist mein Lieblingsspielzeug gewesen. Er war der kuscheligste braune Teddybär, den ich je gesehen habe", seufzte Xandi. „Seit Tagen suche ich meinen Franzi-Bären, aber niemand kann mir sagen, wo er geblieben ist. Wahrscheinlich habe ich ihn verloren." Die freundliche alte Frau beugte sich noch ein wenig näher zu Xandi hinunter und flüsterte geheimnisvoll: „Du brauchst nicht zu weinen, kleines Mädchen, denn ich traf deinen Bären erst heute morgen. Er hatte es ganz eilig und erzählte mir, daß er seine Bärenmutti sehr lieb hat, aber trotzdem wäre für ihn die Zeit gekommen, auf Reisen zu gehen und andere Länder und andere Kinder kennenzulernen. Sicherlich wird dir dein Franzi-Bär bald einen Brief aus einem fernen Land schicken."
Und so geschah es auch. Noch bevor der Sommer kam, erhielt Xandi einen Brief von Franzi aus Afrika:
„Liebe Xandi!
Seit einigen Wochen lebe ich in Gwanda, einer kleinen Stadt in Zimbabwe im Südosten Afrikas, bei einer Familie mit vier Kindern. Die Hitze hier ist kaum zu ertragen, aber die vier Buben mögen mich so sehr, daß ich es nicht fertigbringe, sie zu verlassen. Weißt Du, Xandi, am Anfang hatte ich die größten Schwierigkeiten, die Kinder auseinanderzuhalten, weil alle vier gleich aussehen: rabenschwarz von Kopf bis Fuß. Sie sehen so ganz anders aus als die Kinder in Österreich. Und die Namen der vier

Buben sind wahre Zungenbrecher. Der jüngste heißt Thembinkosi, der zweitjüngste Jabolo, dann kommt Mandelenkosi, und der älteste heißt Nkosinathi. Obwohl der Vater der Buben in der Stadt etwas Geld verdient, kann er seine Familie kaum ernähren, so ist Hunger wahrlich kein Fremdwort für diese Familie. Auch das Wasser ist knapp, man muß sehr sparsam damit umgehen oder es in Flaschen kaufen. Deshalb muß ich auch oft an Dich denken, denn du sagtest oft, wenn Dir Deine Mami das Essen auf den Tisch stellte: ‚Pfui, das schmeckt mir nicht!' Und wie achtlos gingst du immer mit dem Wasser um! Da wurde gepritschelt, auf das Zudrehen des Wasserhahns vergessen und so weiter, stimmt's?
Viele Grüße von Deinem Franzi-Bären"
Während Xandi den Brief des Bären las, wurde sie ganz traurig, weil Franzi mit allem Recht hatte, was er ihr vorwarf. Und sie beschloß ganz fest, nie wieder mit dem Wasser zu spielen, und gab sich außerdem selbst das Ehrenwort, nie mehr zu sagen: „Das Essen schmeckt mir nicht!" Noch ehe es Winter wurde, erhielt Xandi einen weiteren Brief ihres Franzi-Bären:
„Liebe Xandi!
Heute schreibe ich Dir aus Moskau, der Hauptstadt der Sowjetunion. Im Gegensatz zu Afrika ist es hier sehr kalt, und die Leute sagen, wenn erst der Winter da ist, wird es noch kälter werden. Ich lebe hier in einem Kindergarten, und die Kleinen hier mögen mich alle sehr. Mein bester Freund heißt Oleg. Es ist lieb und kuschelt immer mit mir. Die Kinder hier sehen ihre Eltern nur sehr selten, meistens nur an den Wochenenden. Oleg möchte manchmal gerne mit seiner Mama reden, ihr wichtige Dinge erzählen, aber er kann nicht, weil seine Mama und sein Papa immer arbeiten müssen und noch keine eigene Wohnung besitzen. Sie wohnen bei Opa und Oma, die ebenfalls arbeiten gehen. Es ist sehr schwer hier, eine eigene Wohnung zu bekommen, deshalb müssen viele Kinder in Heime, weil niemand anderer sie sonst beaufsichtigen könnte. Oft denke ich jetzt an Dich, Xandi, weil Deine Eltern immer bei Dir sein können und Ihr ein richtiges Familienleben führen könnt.
In Liebe Dein Franzi-Bär"
Obwohl sich Xandi über Franzis Brief sehr freute, war sie ganz traurig, daß es Länder gibt, in denen Kinder nicht von ihren eigenen Eltern betreut werden können. Da dachte sie daran, wie gut es war, Papi oder Mami immer nahe sein zu können. Sie lief schnell zu ihrer Mutti und gab ihr ein dickes, langes Bussi.

Aber dies war nicht der letzte Brief Franzis. Der nächste kam aus einer Stadt in Nordamerika. Franzi schrieb:

„Liebe Xandi!

Heute schreibe ich dir aus Boston. In dieser Stadt wohnen die verschiedensten Menschenarten. Leute, die so aussehen wie die kohlrabenschwarzen Buben in Afrika, die nennt man hier Schwarze, Menschen mit heller Haut und mandelförmigen Augen heißen Chinesen, und dann leben hier auch Leute, die wie Österreicher aussehen. Diese Menschen wohnen in oft streng voneinander getrennten Bezirken oder Vierteln. Meine neue Freundin heißt Hu Chi; sie wurde bereits in Amerika geboren, ist aber ein typisches Chinesenmädchen. Sie ist sehr schön und hat langes, pechschwarzes Haar. Als Hu Chi sich einmal mit einem schwarzen Mädchen anfreundete und ihr Vater das erfuhr, wurde sie schwer bestraft, denn ihr Vater will, daß sie nur mit Chinesenkindern spielt. Sie muß ihrem Vater nicht nur gehorchen, sie muß ihn und ihre Brüder auch bedienen, weil Männer in ihrer Familie mehr wert sind als Frauen oder Mädchen, und deshalb muß sie und ihre Mutter immer unterwürfig sein.

Liebe Xandi, da erinnere ich mich dann oft daran, wie gut es Dir geht, weil von Dir eine Gefälligkeit höchstens erbeten, nie aber befohlen wird. Und wie wichtig in unserem Land die Frauen genommen werden, sodaß es fast umgekehrt ist, nämlich daß Männer Frauen bedienen, ihnen den Vortritt lassen, aufstehen, wenn eine Dame den Tisch verläßt, ihr in den Mantel helfen und vieles mehr.

Bis zum nächsten Mal: Bussi, Bussi, Dein Franzi-Bär"

Dieser Brief stimmte Xandi sehr nachdenklich. Sie dachte daran, wie widerwillig sie oft eine Bitte der Eltern erfüllte, und plötzlich mußte sie sich schämen. Auch daß Hu Chi nur mit Kindern der gleichen Rasse spielen durfte, ging ihr nicht aus den Kopf, und sie dachte, wie furchtbar es wäre, wenn ihre Eltern die Freundschaften, die sie schloß, bestrafen würden.

Diesmal ließ der nächste Brief Franzis nicht lange warten. Xandi las:

„Liebe Xandi!

Heute schreibe ich Dir aus England, wo meine neue Freundin Catherine mit ihren Eltern lebt. Die Familie wohnt in einem schönen Haus in Leeds. Dort ist Catherines Papi Lehrer. Catherine ist manchmal sehr traurig, weil ihre Mami krank ist. Catherines Mami hat eine Krankheit, die sie nicht lachen und fröhlich sein läßt, man nennt das Depressionen. Sie muß schwere Medikamente nehmen, und manchmal muß Catherines Mami

auch in ein Krankenhaus, in dem Geisteskrankheiten behandelt werden. Weil Catherines Mami fast nie lacht, lacht Catherine auch sehr selten, und das bedrückt mich sehr, weil ich mich sehr gut erinnern kann, wie viel und oft Du, liebe Xandi, immer gelacht hast. Die Erinnerungen an Dich sind so stark, daß ich das Herumreisen nicht länger ertragen kann. Ich komme sicher bald nach Hause zurück.
Bis dahin in Sehnsucht Dein Franzi-Bär"
Der Bär hielt sein Versprechen, und Xandi freute sich überaus, als sie ihren Franzi-Bären wieder in die Arme nehmen konnte. Manchmal erzählt Xandi diese Geschichte Erwachsenen und zeigt ihnen die Briefe, aber sie wird dann meistens nur beschmunzelt. Einige meinen auch, diese Briefe hätte ihr jene gütige, alte Frau im Namen Franzis geschrieben, die sie damals im Park tröstete, als Xandi der Frau vom Verlust ihres Bären erzählte. Aber Xandi wußte es besser: Sie brauchte nur in Franzis Augen zu sehen, um zu erkennen, daß er schon viele Länder bereist hatte und ein Bär von Welt ist.

Sylvia Maringer, 36 Jahre, Hausfrau und Studentin in Wien

Der verpatzte Urlaub

Es war ein großer Tag, an dem unsere drei Freunde in den Urlaub reisten: Hugo die Ameise, Erich der Regenwurm und Otto die Lachmaus. Otto die Lachmaus hieß deshalb so, weil sie andauernd lachte. Hugo die Ameise und Erich der Regenwurm nahmen sie aus diesem Grund auch so selten mit. Es war ihnen nicht den ganzen Tag zum Lachen zumute. Otto lachte und lachte, und man mußte oft einfach mitlachen, ob man wollte oder nicht.
Unsere drei Freunde wollten es dieses Jahr mit einem Zelt versuchen. Die Hotels waren immer so teuer, und überfüllt waren sie auch. Schon Tage zuvor wurde gepackt. Bei Hugo ging das ohne Probleme, doch Erich fand wieder die Hälfte seiner Sachen nicht.

Endlich war es soweit. Vater Dohle war bereit. „Wo soll es denn hingehen?“ fragte er.
„Nach Maushausen“, rief Otto die Lachmaus aufgeregt.
Maushausen ist ein kleines Dorf am Mausberg, und an seinem Fuße liegt der Mäusleinsee mit einem Campingplatz. Die drei machten es sich auf Vater Dohle bequem, und die Reise ging los. Als sie schon hoch in den Lüften schwebten, rief Erich plötzlich erschrocken: „Mein Schlafanzug, mein Schlafanzug! Ich wußte doch, daß ich etwas vergessen habe.“
„Du glaubst doch nicht, daß wir jetzt wieder landen, nachdem wir den Start schon hinter uns haben?“ rief Hugo die Ameise.
Otto die Lachmaus lachte und lachte. Erich und Hugo sahen sich an, und was glaubt ihr, was sie dann taten? Sie lachten auch, ja sie mußten so herzhaft lachen, daß sie alle drei fast von Vater Dohle fielen. Das hätte schlimme Folgen gehabt, da doch keiner einen Fallschirm bei sich hatte.
Es dämmerte schon, als sie am Mäusleinsee ankamen. Vater Dohle landete sanft, und die drei Freunde stiegen, vom Wind durchgeblasen, herunter.
„Ist mir kalt!“ klagte Erich der Regenwurm. „Wenn ich daran denke, daß ich heute ohne meinen Schlafanzug schlafen soll, wird mir gleich noch kälter!“
„Jammere nicht“, sagte Hugo die Ameise, „hilf uns lieber das Zelt abladen und aufbauen!“
Alle drei halfen zusammen, und bald stand das Zelt. Müde von der langen Reise schliefen sie ein. In der Nacht wehte ein starker Wind, doch unsere Freunde hörten nichts. Sie waren viel zu müde und erschöpft. Der Morgen dämmerte, und Erich wurde als erster wach. Er dachte sich: Ist mir kalt! Dabei habe ich mich doch mit einem Blatt zugedeckt. Doch wo ist das Blatt? Er riß die Augen auf. „Wo ist das Zelt?“ rief er entsetzt. Es war weg, einfach weg. Die drei lagen im Freien.
„Hugo, Otto, aufwachen!“ rief Erich, „unser Zelt ist weg!“
Verschlafen sah sich Hugo um und konnte es nicht fassen. „Unser schönes Zelt“, jammerte er. Otto die Lachmaus aber saß da und hielt sich den Bauch vor Lachen.
Hugo und Erich konnten diesmal nicht mitlachen. Ihr Urlaub war geplatzt, denn was sollten sie ohne Zelt auf einem Campingplatz?
Hugo rief Vater Dohle an und bat ihn zu kommen. Er hatte genug vom Urlaub und wollte nach Hause. Erich und Otto schlossen sich ihm an. Vater Dohle kam rasch und brachte die drei nach Hause. „Ich glaube,

das nächste Jahr fahren wir doch lieber in ein Hotel", meinte Hugo die Ameise. Erich der Regenwurm war derselben Meinung, und Otto die Lachmaus schloß sich lachend auch dieser Meinung an.

Ingrid Homa, 39 Jahre, Hausfrau in Klagenfurt

Der Tautropfen

Als die Sonnenblume am Morgen erwachte, sah sie mit Entzücken, welch unglaublich schöner, glitzender, kleiner Ball sich in ihrem Blütenkleid verfangen hatte. Das sah auch die blaue Wicke, die den Zaun entlang kletterte, und rief: „Ach Sonnenblume, wer hat dir denn diesen schönen, glänzenden Ball geschenkt? Wirf ihn doch mal her, ich möchte ihn zu gerne sehen." Die Sonnenblume neigte sich leicht zur Seite, und der Tautropfen rollte in den Kelch der Wicke. Dies sahen die rosa-weißen und roten Mädchenaugen und jauchzten: „Kletterwicke, du hast eine Silberkugel in deinem Blütenbecher! Zeig sie uns, wir haben noch nie eine so große gesehen." Da bewegte der Wind leicht die Wicke, und der Tautropfen rollte in die lachenden Gesichter der Mädchenaugen. Die Ringelblume, die nebenan wohnt, hatte die Aufregung auch entdeckt, und sie rief: „Ach was habt ihr da für eine wunderschöne weiße Perle, ich möchte sie befühlen und ansehen, bitte!" Da kam eine Biene, setzte sich auf die Blüte der Mädchenaugen, und in diesem Augenblick rollte der Tautropfen hinunter zur Ringelblume. „Wie schön!" rief sie, „man kann ja den ganzen Himmel darinnen sehen!" Das hörte das Löwenmaul und brummte: „Schrei nicht so laut herum, und zeig mir das Wunderwerk auch einmal." Aber die Ringelblume wollte die silberne Perle ganz für sich alleine behalten. In diesem Moment zwickte sie ein Regenwurm an der Wurzel, und sie erschrak so sehr, daß der Tautropfen in weitem Bogen davonrollte. Das Löwenmaul jedoch fing den Silberball geschickt auf. „O wie schön, o wie kostbar", gluckste das Löwenmaul, und als es zum drittenmal „oh" sagte und sein Maul gerade weit offen hatte, kam der schönste Schmetterling des Gartens, setzte sich auf das Löwenmäulchen und trank den Tautropfen in einem Zug leer. „So eine

Frechheit", rief das Löwenmaul, „kaum habe ich das Wunderwerk bestaunt, und schon ist es wieder weg." Da lachte die große, gelbe Sonnenblume und meinte: „Sei nicht traurig, der Schmetterling hatte eben Durst. Wenn die Nacht mir wieder einen Tautropfen schenkt, bekommst du ihn morgen zuallererst zu bewundern."

Monika Funk, 40 Jahre, Diplomkrankenschwester in Klagenfurt

Die kopflose Kuh

„Meine Damen und Herren, treten Sie näher, versuchen Sie die Attraktion der Attraktionen, direkt aus dem Wilden Westen: das amerikanische Rodeo." In der Mitte eines viereckigen Holzgerüstes, eingebettet in ganz dick aufgeblasene Gummipolster, wartet ergeben eine kopflose Kuh auf ihre Kunden. Ein waghalsiger Bursche geht zögernd zur Kassa, zahlt zehn Schilling und schwingt sich zaghaft auf den Rücken der Kuh. Der wilde Spaß beginnt. VorzurückseitwärtsrechtslinksrechtsherumimKreishintenhochvornehoch — und in hohem Bogen fällt er auch schon mit einem gelachten Fluch in die Gummipolster. Die begeisterte Menge applaudiert. Nur ein kleiner Bub, ganz vorn am Geländer, schaut still und mitleidsvoll, nein, nicht zum abgeworfenen Reiter, sondern zur wildgewordenen Kuh. „Warum hast du denn so schrecklich traurige Augen, du?" fragt Raffael ganz leise die kopflose Kuh. „Weil ich doch eine liebe Kuh bin, nur wenn die Menschen mir zehn Schilling hinten reinwerfen, muß ich wild werden und sie abwerfen. Weil ich aber gar nicht wild werden will, bin ich immer so traurig", sagt ebenso leise die kopflose Kuh zu Raffael. „Warum rennst du nicht einfach mit mir weg? Fort von hier auf einen wunderschönen Bauernhof, wo du wohnen kannst." Da wackelt die Kuh ein bißchen ungläubig mit dem kopflosen Kopf, springt mit einem Satz über das Holzgeländer, Raffael auf ihren Rücken, und los geht's. Quer durch den Wurstelprater galoppieren sie bis direkt unters Riesenrad. Ein Waggon hält vor ihnen, Raffael macht die Tür auf, nimmt seine Kuh bei der Hand, und hineinspaziert mit Kind und Kuh. Ein kleines bißchen fürchtet sie sich jetzt aber doch, die kopflose Kuh, weil alles so wackelig ist in dem Waggon, und überhaupt interessiert sie die schöne Aussicht leider gar nicht. Von ganz hoch oben aber zeigt ihr Raffael einen Bauernhof, weit hinten in der Steiermark. „Wuuunderschön! Aber wie sollen wir dort hinkommen?" „Ich war mit meiner Mami schon oft dort, ich kenn den Weg gut." „Aber da muß man sicher schrecklich lang zu Fuß gehen", muht die Kuh. „Willst du lieber zurück in dein Viereck und dich weiter ärgern und wild machen lassen?" Nein, das will sie natürlich nicht, die kopflose Kuh, und so marschieren sie los, Richtung Steiermark. Durch die ganze große Stadt, über Wiesen, Felder und durch Wälder. Abends entdecken sie eine hübsche kleine Mulde am Waldrand, in die sich die müde Kuh sofort hineinknicken läßt. Raffael sucht noch schnell Blätter, schöne große, trockene, um seine Freundin und sich damit zuzudecken. Dann noch ein „Danke fürs Zudecken und schlaf schön, gute Nacht", und schon schlafen die beiden tief und fest. Früh am Morgen wachen sie hungrig auf. Für die Kuh kein Problem, sie bedient sich am knackigen Wiesenbuffet, nur Raffael vermißt seine Schale Kakao mit zwei Eßlöffeln Honig drin. Aber er tröstet sich schnell mit den vielen abgefallenen reifen Nüssen rundherum im Gras und bedient sich auch ordentlich. So gestärkt marschieren sie munter weiter und kommen bald zu dem wunderschönen, großen Bauernhof mit dem roten Ziegeldach. Da gibt es einen herrlich warmen, sauberen Stall mit Platz für viele Kühe. Und einen freundlichen Bauern. Dem erklärt Raffael alles und wie weit sie schon gelaufen sind und ob seine kopflose Freundin dableiben darf? Natürlich darf sie, kriegt ein schönes Platzerl mit frischem Stroh im Stall, wird zweimal am Tag vom Bauern gemolken, und dazwischen haben alle Tiere Ausgang auf die saftige Weide nebenan. Die liebe Kuh weiß vor lauter Freude gar nicht, was sie sagen soll. Also sagt sie erst einmal nix. Und frißt sich satt.

Evelyn Faber, 42 Jahre, Schauspielerin in Wien

Der rote Bleistiftstummel

Ein roter Bleistiftstummel ist wirklich nichts Besonderes. Jener Bleistift war zudem schon alt und klein vom häufigen Spitzen und an seinem Hinterende zerbissen von nachdenklichen oder gelangweilten Schülern. Aus dem Schuldienst war er längst entlassen worden, und einige Zeit hatte er ein wahres Zigeunerleben in diversen dunklen Hosensäcken geführt. Nun war er mit seinem letzten Besitzer gar in einem Krankenhaus gelandet. Thomas, der zum Glück keineswegs sehr krank war, hatte viele lustige Bilder mit dem roten Stummelbleistift gezeichnet und seinen Bettnachbarn Spaß und Freude damit gemacht. Das gefiel dem Bleistift auch viel besser, als Fehler in Rechenhausübungen suchen zu müssen. Bevor Thomas nun gesund wieder nach Hause gehen durfte, malte er noch ein besonders lustiges Bild — einen Kaktus mit roten Ohren — für den kleinen blassen Buben, der so still und arm daliegen mußte und sich über das Bild noch gar nicht richtig freuen konnte, denn ein dicker, weißer Verband bedeckte seinen ganzen Kopf.
Dann kamen langweilige Tage für den roten Stummel. Thomas hatte ihn auf das Nachtkästchen des kleinen Buben gelegt, und dort rollte der Stummel nutzlos und ungebraucht herum. Ein stolzes Fieberthermometer und eine blitzende Verbandschere lagen neben ihm und ließen ihn gut fühlen, daß sie viel, viel wichtiger und nützlicher waren als er. Dreimal täglich mußte der Bleistift sich ganz besonders ärgern und kränken, da kamen nämlich die hochnäsigen, durchsichtigen Kugelschreiber und zeichneten scharfe Spitzen und Zacken in Rot und Blau auf die Fiebertabelle. Dem Stummelbleistift hätten weiche, sanfte Linien viel besser gefallen, aber er hatte ja nichts mitzureden.
Doch dann kam der Tag, an dem aus unserer Geschichte ein Märchen wurde: Dem kleinen, blassen Buben ging es plötzlich viel besser. Er hatte ein bißchen an seinem großen Kopfverband gezupft, ein Äuglein hatte herausgucken können und hatte ausgerechnet den roten Bleistift entdeckt. Er konnte ihn gerade erwischen, ohne sich aufsetzen zu müssen, und ein Zeichenblatt bekam er von einem Bettnachbarkind. Und der Bub mit seiner noch fieberheißen Hand und der Stummelbleistift strengten sich nun gemeinsam ganz gewaltig an. Noch etwas zittrig, aber unendlich schön und zart schrieben sie auf das weiße Blatt: FÜR MAMA.

Dann wollten sie natürlich auch noch eine Blume dazuzeichnen, und der rote Stummel legte sich willig und diensteifrig in die Kurven, und es wurde tatsächlich eine ganz schöne Rose. Davon war der kleine Patient aber ganz erschöpft, und als ihm die Äuglein zufielen und der Verband wieder übers Gesichtchen rutschte, konnte er sich gerade noch wundern, warum seine Rose noch keinen Stengel hatte.
Aber für einen alten, erfahrenen Bleistift ist das ja kein Problem, und so rutschte er ganz selbständig über das Blatt, und die Rose hatte einen prächtigen, geraden Stengel. Vor lauter Eifer war der Stummelbleistift ein Stückchen zu weit gerutscht, über die weiße Bettdecke, und dort hatte er vor Freude und Übermut noch einige glückliche Kritzel hinterlassen.

Elisabeth Ebenberger, 43 Jahre, Musiklehrerin in Braz (Vorarlberg)

Hose, Hemd und Gummistiefel

Spaziert nur so durch den Park, guckt mal dahin und mal dorthin, hüpft ein wenig, zupft ein Gräslein, lächelt den Spatzen zu — und plötzlich sind lauter rosa Herzchen in der Luft.
Die schwirrten der Hose nur so um die Taschen, als sie plötzlich auch noch diese entzückende Bluse sah.
„Du, Blüschen, verzeih mir, aber könnten wir nicht gemeinsam ein Stückchen, äh, ich meine . . . ", stotterte die Hose, „oder könnten wir vielleicht miteinander spielen?"
„Wie, was, iiiiich, mit so einer dahergelaufenen Hose, die nicht einmal Socken noch Schuhe, noch Unterhose oder Unterhemd trägt! Wo ich doch eine Spitzenbluse bin!" sagte sie mit einer Nasenzuhaltestimme. „Außerdem hast du Flicken auf deinen Knien, und das paßt nicht zu mir."
Die Hose ließ ein wenig den ersten Knopf hängen und seufzte. Aber schon entdeckte sie zwei schwarze Punkte in der Ferne: wunderschön glänzende schwarze Lackschuhe, die eilig dahintrippelten.

„Hallo, ihr zwei!" rief die Hose vergnügt und winkte mit dem blaukarierten Taschentuch. „Nehmt ihr mich mit? Spielen wir ein wenig? Ich zeige euch einen Bach gleich hier in der Nähe, da könnt ihr herumwaten."
„Du hast wohl nicht alle Fäden in deinem Zippverschluß", antworteten die Lackschuhe entrüstet, „wir Lackschuhe dürfen uns doch nicht schmutzig machen und schon gar nicht in einen Bach steigen. Such dir doch Gummistiefel!" Und eilig liefen sie dem Fräulein Spitzenblüschen nach.
Die Hose purzelte einen Schlagbaum, ah pardon, schlug einen Purzelbaum. „Gummistiefel", dachte sie, „wo finde ich hier bloß Gummistiefel?"
Da wisperte ein Regenwurm, der gerade aus der Erde schaute: „Dort drüben lehnen die herrlichsten Gummistiefel, die man sich nur wünschen kann."
„Wo drüben?" fragte die Hose erfreut.
„Na dort, wo sich das kleine Bauernhäuschen so unter die Schindeln duckt."
„Oh, vielen Dank", sagte die Hose freundlich zum Würmchen hinunter und lief mit großen Sprüngen zum Haus. Und tatsächlich — da lagen sie. So unbeachtet und niedergedrückt und starr . . . vor Schmutz!
„Hallo, Gummis!" rief die Hose. „Wollt ihr mit mir spielen? Wir könnten durch das nasse Gras, und wir könnten zum Bach, und wir könnten versuchen, ob wir auf dem Lehm rutschen, und wir könnten . . ."
„Ja, ja, ja", gähnten die Stiefelchen, „wir könnten. Aber wir können eben nicht, weil wir einem Buben gehören und weil wir auf ihn warten müssen und weil er uns sonst sucht und weil er sich immer sofort umziehen muß, wenn er von der Schule kommt, und weil . . ."
„Wie heißt denn euer Bub?" fragte die Hose.
„Simi", antworteten die Stiefel gleichzeitig.
„Aber der Simi könnte doch auch mit uns spielen", meinte die Hose.
„Also gut, du hast uns überredet", sagten die Stiefel, „aber wir brauchen ein Hemd."
„Ich habe da eben ein sehr süßes Spitzenblüschen kennengelernt", sagte die Hose begeistert.
„Pah, Spitzenblüschen, du lebst auf der Venus. Spitzenblüschen sind nichts für uns. Wir brauchen ein Flanellhemd."
„Da auf der Wäscheleine beim Sumserlbauern hängt so eins", sagte die

Schwalbe, die zufällig beim Misthaufen neben der Scheune ihr Nest hat, „aber die Wäscheklammern halten es fest."
„Natürlich, diese bissigen, hölzernen Wäscheklammern mit ihren rostigen Drähten in der Mitte!" sagten die Stiefel entrüstet. „Aber, lieber Gott, wir brauchen das Hemd!"
„Naja", sagte der liebe Gott, „ich werde halt den Wind um ein bißchen Wäscheklammernkitzeln bitten!"
Und so geschah es auch. Der Lausbub von einem Wind fuhr gerade so ein wenig unter die Wäscheklammern, daß sie es vor Lachen nicht mehr aushielten und endlich losließen. Blitzschnell war die Hose zur Stelle, stülpte sich das Hemd über, die Gummistiefel drunter, und ab ging's! Über das hohe Gras zum Bach und in diesen hinein.
„Brrrrr, pfui", wellte sich das Bächlein empört, „wascht doch euren Schmutz woanders ab, die Wanderer da unten können mich dann nicht mehr trinken!"
„Also gut, legen wir uns ins Gras", schlug das karierte Flanellhemd vor. Da stürmte Simi in der Unterhose über die Gräser und Gänseblümchen und Dotterblumen daher. Ungeniert schlupfte er ins karierte Flanellhemd, und plötzlich bemerkte er die alte Hose, die da ein wenig linkisch in der Wiese hockte.
„Ja wem gehörst denn du?" fragte Simi lachend.
„Niemandem", sagte die Hose. „Willst du mich? Eigentlich sollte ich schon ein Fleckerlteppich sein, weil ich doch nicht mehr schön ausschaue und die Flicken am Knie und so . . . "
„Mir gefällst du", sagte Simi, und schon war er drinnen in der Hose, und die Gummistiefel freuten sich. Der rechte mehr als der linke. Ich weiß nicht warum. Sie versuchten noch ein wenig die Grillen zu kitzeln, aber heutzutage sind sogar die Grillen schon so gebildet und fallen auf den Grashalmschmäh nicht mehr 'rein. Und dann . . . dann kochten die Hasen, und der Dampf aus dem Schnellkochtopf zog als Nebel übers Land.
Simi ging nach Hause. Der Vater hatte den dicken Kachelofen eingeheizt. Simi setzte sich mit seiner Schwester Nana an den Tisch. Mutter brachte eine Schüssel voll dampfendem Sterz, und die Gummistiefel lehnten aneinandergeschmiegt in einer Ecke. Flanelli und die alte Hose zwinkerten sich zu, sie wußten, nichts kann uns mehr trennen. Nana und Simi stritten, wieviel 8 x 7 sei, und die Mutter sagte: „Die Lisl wird, glaub' ich, heut Nacht kälbern."

Vater nickte und meinte: „Ist gut, ich werde alles vorbereiten, um ihr zu helfen."
Und die Hose wußte, ich habe ein ZUHAUSE gefunden, und hatte das Spitzenblüschen vergessen.

Ingeborg Palfner, 46 Jahre, Ordinationshilfe in Graz

Wenn sich alle Menschen riechen könnten . . .

Die Omi öffnete Fenster und Türen, um zu lüften. „Warum machst du das?" fragt das kleine Mädchen. „Damit man den Kohl und den Knoblauch nicht riecht und auch nicht den Kater, der immer bei den Kälbern schläft", sagt die Omi, „denn die reichen und feinen Leute können das nicht riechen, und man weiß ja nie, wer uns besuchen wird." Der Kater verzieht sich hinter den Ofen und denkt in seinem Katzenhirn: „Die Menschen können sich gegenseitig nicht riechen." Das kleine Rosmarinstöcklein zittert in der Zugluft, und die Nelken am Tisch lassen die rosaroten Köpfe hängen. Da schlingt das kleine Mädchen plötzlich ihre Ärmchen ganz fest um die Omi und sagt: „Ich mag dich!" Schnell schließt die Omi Fenster und Türen und antwortet: „Ich mag dich auch." Plötzlich riecht es ganz wundervoll in der Küche. Der Kohl am Ofen duftet nach Gemüsegarten im Sommer, der Kater nach frischem Heu, der Knoblauch und das Rosmarinstöckchen nach würzigen Gerichten, die Nelken am Tisch ein wenig nach französischer Riviera, die Orangenschalen nach Mittelmeer und die Holzscheiter neben dem Ofen nach grünem Wald. Man könnte fast sagen, es riecht wie im Paradies! Der Kater streckt sich wohlig aus und denkt in seinem Katzenhirn: „Wie schön warm würde es auf der Welt erst sein, wenn sich doch alle Menschen riechen könnten!"

Anna Forster, 52 Jahre, Hausfrau und Bäuerin in Sigmundsherberg (Niederösterreich)

Wettstreit der Buchstaben

Es war einmal ein König, der hatte ein sehr großes Reich. Seine Untertanen waren Buchstaben, und es gab die verschiedensten und sehr viele. Und weil dem König immer wieder sehr langweilig war und auch seine Weisen ihn von seiner Langeweile nicht befreien konnten, hatte er die Idee, für seine Untertanen einen Wettstreit zu veranstalten. Er beauftragte seinen Organisationsminister, im ganzen Land den Wettstreit zu organisieren. Er stellte den Wettstreit unter das Motto: „Welcher von euch, meine lieben Untertanen, ist wohl der wichtigste?"

Das Volk war sehr gehorsam, und alle Untertanen stellten sich sofort in den Dienst der Sache. Es wurden im ganzen Land Beratungen abgehalten und Versammlungen veranstaltet, wo man sich bemühte, mit allen möglichen Argumenten festzustellen, wer wohl von allen Untertanen der wichtigste sei. Die einen meinten, daß der Wichtigste wohl nur der Häufigste sein könne. Dagegen sprach aber wieder, daß der Wichtigste doch nur einer sein könne, der sehr selten vorkam, weil er doch durch seine Seltenheit einen größeren Wert hätte und daher wertvoller sei. Andere wieder waren der Meinung, daß nur ein solcher Untertan wertvoll sein könne, der mit einem zweiten zusammen einen Sinn ergäbe. Dagegen wandten sich wieder andere, die anführten, daß nur solche, die doppelt vorkämen, die wichtigsten sein könnten, weil sie durch ihre Verdoppelung eben doppelt soviel wert wären.

Es entspannten sich lange Diskussionen über Wert und Unwert eines Buchstabens. Das ganze Reich wurde in eine furchtbare Unruhe gestürzt. Alles mögliche wurde als wichtig bezeichnet, je nachdem wie nötig es in jeder Sprache des ganzen Reiches gerade erschien. Man konnte sich nicht einigen, und jeder Landesteil brachte seine Vorschläge mit ordentlicher Begründung ein.

Die Juroren saßen lange Zeit beisammen und berieten sich. Sie überlegten und beurteilten die verschiedenen Vorschläge und kamen doch zu keinem Ergebnis, sodaß man dem König keinen Vorschlag für den Gewinner machen konnte.

Der König war daher gezwungen, selbst ein Urteil zu fällen. Dies bedurfte einer genauen Abwägung aller eingebrachten Vorschläge, und der König hatte seine liebe Not, zu einem gerechten Ergebnis zu kommen. Er überlegte lange und wollte auch alle vorgebrachten Argumente

abwägen, um keinen Untertan zu benachteiligen. Wenn er einem wegen seiner Häufigkeit den Vorzug gab, so war dieser in einem anderen Teil seines Reiches nicht der Häufigste und somit eben auch nicht der Wichtigste. Solche und ähnliche Gedanken quälten ihn nun Tag und Nacht, und er konnte keine Lösung finden. In jeder Sprache seines großen Reiches war ein anderer Buchstabe der wichtigste, und somit waren alle Buchstaben gleich wichtig. Er war also gezwungen, jedem seiner Untertanen den ersten Preis zuzuerkennen. Er beschloß daher, je einen verschiedenen Untertan zu sich in sein Schloß einzuladen und ihm symbolisch für alle anderen Gleichen einen ersten Preis zu überreichen.
Dies wurde organisiert, und an dem befohlenen Termin waren alle verschiedenen Untertanen vor dem König versammelt. Gerade als er jedem einzelnen von ihnen den Preis überreichen wollte, fiel ihm ein, daß nicht der einzelne wichtig ist, sondern die große Gemeinschaft aller mitsammen in entsprechender Ordnung und Reihenfolge. Diesen Umstand gab er auch bekannt, und daraufhin entstand ein großes Durcheinander. Alle Untertanen liefen herum und ordneten sich zu Begriffen, wie es der Zufall wollte. In diesem Durcheinander wurden durch das Drängen und Drücken der Menge einige der Beteiligten ohnmächtig, und der König befahl sofort, einzuhalten und die Ohnmächtigen an einen Ort der Ruhe zu bringen. Als sie nach einiger Zeit wieder zu sich kamen und neben dem König standen, ergaben sie ein Wort, mit dem alle anderen als Sieger einverstanden waren, und der König beschloß, es an seine Fahnen zu heften. Das Wort hieß: FRIEDEN.

Hubert Zamponi, 60 Jahre, pensionierter Finanzbeamter in Scheibbs (Niederösterreich)

Die alte Frau und die Kinder

„Alles Gute zum Geburtstag, mein Liebling!" stand auf der Karte neben dem Frühstücksteller. Die alte Frau las immer wieder diese Worte, dann streichelten ihre alten, zittrigen Finger sanft über die Karte, als hätte sie Angst, die Schrift würde verschwinden. Tränen rannen über das runzelige Gesicht, und im Geist stand der Mann vor ihr, der diese Worte ge-

schrieben hatte. Und heute — zu ihrem 85. Geburtstag — dachte sie wieder an ihren Ehemann, der mit zwanzig Jahren gefallen war. „Für das Vaterland!", so hieß es in dem Schreiben, das sie bekommen hatte. Die Zwillinge, die damals geboren wurden, hatte er nicht mehr gesehen. Allein, als arme Kriegerwitwe, mußte sie ihre Söhne großziehen. Sie mußte alle schweren Arbeiten annehmen, um den Lebensunterhalt für sich und ihre beiden Buben zu verdienen. Niemand hatte sie beschützt, niemand hatte ihr geholfen, und trotzdem waren ihre Buben rechtschaffene Menschen geworden.
Als sie kaum die Lehre fertig hatten, brach wieder ein Krieg aus. Beide Söhne mußten an die Front. Und wieder bangte die Frau, diesmal um ihre Kinder. Tränen der Freude rannen über ihr Gesicht, wenn sie auf Urlaub kamen, Tränen der Trauer, wenn sie wieder Abschied nahmen, Tränen des Schmerzes, als sie fielen. Denn wieder kam ein Brief, in dem stand: „Gefallen für das Vaterland."
Konnte das Vaterland ermessen, wie groß ihr Schmerz war? Und wer war denn das „Vaterland"? War sie es vielleicht oder ihr Nachbar oder die vielen namenlosen Menschen, die an ihr teilnahmslos vorbeigingen? Menschen, die sich nie um sie gekümmert haben, wenn sie in Not war, krank oder einsam!
Nein, diese Menschen konnten nicht das Vaterland sein.
Aber für wen waren sie dann gestorben? Diese Frage quälte sie all die Jahre, die sie einsam und verlassen verbrachte. Nein, heute an ihrem Geburtstag wollte sie Schluß machen, wollte einfach sterben. Wie, wußte sie noch nicht. Die Menschen hatten ihr noch nie etwas gegeben, sondern immer nur genommen, jetzt hatte sie nichts mehr, was sie geben konnte. Noch einmal strich sie zärtlich über die alte Geburtstagskarte, dann ging sie zu dem Medikamentenschrank, um etwas zu suchen, das ihr den Abschied von dieser Welt erleichtern würde.
Da läutete die Türglocke. Wer konnte das sein, zu ihr kam doch nie jemand?
Nein, jetzt wollte sie nicht mehr gestört werden.
Ein erneutes Klingeln riß sie aus ihren Gedanken. Da entschloß sie sich doch zu öffnen. Es könnte ja der Nachbar in Not sein und sie brauchen. Vor der Tür standen ein paar Kinder, die sie noch nie gesehen hatte. Ein kleiner Bub hielt einen Wiesenblumenstrauß in der Hand, den er ihr mit einem Lächeln überreichte: „Wir haben gehört, daß Sie allein sind, und da möchten wir Ihnen mit diesen Blumen eine kleine Freude machen,

und vielleicht können wir Ihnen auch etwas helfen, wir haben jetzt Ferien und Zeit, und wir tun es gerne für Sie."
Überrascht sah die alte Frau auf die Kinder, die da vor ihr standen. Und dann griff sie zaghaft nach den Blumen und dachte, jetzt werde sie aus dem Traum aufwachen, und alles ist so wie früher. Aber dann ging ein Leuchten über ihr Gesicht, und nun wußte sie auf einmal eine Antwort auf ihre Frage „Wer ist das Vaterland?": diese Kinder! Und die Kinder der ganzen Welt, damit sie in Freiheit und Frieden leben können.
Dafür waren ihre Kinder gestorben.
Und sie hatte das Gefühl, ab nun würde sie nie mehr allein sein.

Anna Maria Wares, 62 Jahre, pensionierte Geschäftsfrau und Bildhauerin in Wien

Das Kleid

An der Kastenwand in der Küche hängt ein Kleid, ein altes Kleid. Viele, viele Jahre schon, und es ist trotzdem nicht verstaubt. Es ist Uromas Kleid, das heißt, es war Uromas Kleid. Es ist für uns etwas Besonderes, denn es war später auch Omas und Mamas Kleid. Uroma ist durch dieses Kleid noch nicht wirklich gestorben. Sie lebt weiter bei uns und wäre darüber sehr glücklich, wenn sie wüßte, daß sie bei uns in der Familie sein kann, daß etwas von ihr noch da ist und nicht alles weggeworfen und weggegeben wurde. Uromas Kleid ist ihr Platz in der Familiengemeinschaft. Von diesem Kleid strahlt so viel von Uromas Wesen aus, von Liebe und Trost und auch Heiterkeit. Es wirkt so fröhlich, wie sie immer war. Stets tröstend für die, die zu ihr kamen, und hilfreich, wenn sie von anderer Nöte erfuhr. Uroma weiß über alles Bescheid, was die Familie beglückt und bedrückt. Wir sagen: Uroma schläft, und trotzdem ist sie hellwach und bemüht, uns zu schützen, zu helfen und zu trösten. Was uns kränkt, kränkt auch Uroma. Sie weiß, daß sie einen Platz in der Familie hat. Der Platz in der Familie muß für Uroma bleiben. Ob Kind, Enkel oder Urenkel, alle wissen, Uroma ist bei uns. Uromas Kleid ist Uromas Platz für Gerechtigkeit, Frieden und Glückseligkeit. Uromas Kleid erinnert uns daran.

Anny Ceppa, 63 Jahre, Hausfrau und Studentin in Graz

Die Geschichte vom traurigen Glockenton

Es war einmal ein Ton, ein besonders schöner, vollklingender Glockenton, nicht zu hoch und nicht zu tief, gerade dort in der Mitte, wo ein Ton am schönsten klingt.
Wie, ihr meint, das ist doch nichts, nur ein Ton? Nichts, was eine Geschichte haben könnte? Da irrt ihr euch aber. Horcht nur einmal genau hin auf solch einen Glockenton, wie er in euch selber mitschwingen kann, sodaß es in eurem Bauch plötzlich ganz hell und voll Freude wird!
Nun also, dieser besondere Ton kam von einer Kirchenglocke, die hing vor vielen, vielen Jahren mitten zwischen Wiesen und Weinbergen und Bienengesumm. Und wenn er klingen durfte, der Ton – natürlich an jedem Sonntag, aber manchmal auch an anderen Tagen –, dann hielten die Menschen, die ihn hörten, ein bißchen ein in ihrer Arbeit, und die Bienen summten ein bißchen inniger, und die Blumen hoben ihre Köpfe in den schwingenden Ton, und alle waren ein bißchen glücklicher als vorher. Und der Ton selber freute sich, daß er das alles zuwege bringen konnte und schwang sich immer höher und immer weiter in die Welt, um immer mehr Bienen und Menschen und Blumen zu erreichen.
Nun war es aber so, daß der Ton am Rand einer großen Stadt wohnte, und die Stadt wurde immer größer und größer. Häuser und Fabriken und Straßenbahnen und dicke Autobusse kamen immer näher heran, schlossen sich immer enger um den kleinen Glockenturm. Zuerst freute sich der Glockenton darüber, weil er dachte, nun sind mir die Menschen näher, jetzt erreiche ich viel mehr als vorher mit meiner Stimme. Aber bald mußte er bemerken, daß der Lärm der Fabriken und Straßen stärker war als er und daß nicht mehr, sondern immer weniger Menschen auf ihn und seine Freudenbotschaft hörten. Manche konnten ihn nicht hören wegen des Lärmes, andere hörten einfach weg, ja manche sagten sogar, der Ton störe sie, sie hätten gerade schlafen wollen und der Ton hätte sie geweckt. Und Blumen und Bienen gab es auch schon lange nicht mehr zum Mitschwingen und Mitsummen.
Da wurde der arme, ungehörte Glockenton ganz, ganz traurig. Was kann es auch Traurigeres geben auf der Welt, als einen Ton, den keiner hören mag? Er mochte gar nicht mehr so richtig klingen zwischen all dem Lärm und den hohen Mauern rundherum.

Doch eines Abends hatte er ein wunderbares Erlebnis. Da ging eine alte Frau vorüber mit einem kleinen Mädchen an der Hand, genau in dem Augenblick, als der Ton seine Reise über dem schmal gewordenen Kirchenplatz beginnen wollte. Wie durch ein Wunder war gerade eine kleine Stille entstanden, eine Pause im Straßenbahngeklingel und Autobusgebrumm. Und die alte Frau blieb stehen und hob den Kopf. Das kleine Mädchen zog sie ungeduldig weiter, aber die Großmutter sagte: „Horch nur, wie schön das klingt, schon lang hab ich nicht mehr solch einen schönen Glockenton gehört. Er erinnert mich an alle großen und schönen Stunden in meinem Leben, darüber ist auch immer so ein Glokkenton erklungen . . . " Und sie lächelte ganz leise.
Da wurde auch das kleine Mädchen aufmerksam, es hüpfte mit im Klang des Tones, und es verstand gar nicht, wieso es in seinem Bauch plötzlich ganz hell und voller Freude geworden war.
Aber der Ton wußte es wohl. Und er wußte auch, daß das kleine Mädchen später in seinem Leben immer dann, wenn es einen Glockenton hören würde, an diese Stunde und an seine lauschende und lächelnde Großmutter denken würde und daß immer wieder etwas von dieser Freude in ihm schwingen würde.
Und da ist der unglückliche Ton auf einmal wieder sehr, sehr glücklich gewesen. Er hat sich hoch aufgeschwungen und hat so wunderschön geklungen wie nie zuvor.
Pst! Seid ein bißchen leise und horcht: Ihr könnt dem Ton immer noch begegnen . . .

Johanna Wimmer, 64 Jahre, pensionierte medizinisch technische Assistentin in Wien

Petrus am Himmelsbalkon

Es war einmal vor langer, langer Zeit, bald nach der Erschaffung der Tiere, der Pflanzen und des Wassers. Obwohl die Welt damals schon voller Leben war, so war sie noch lange nicht so wie heute. Es fehlte vieles, und einiges war noch nicht am richtigem Ort. Auch im Himmelsreich

war noch nicht alles, wie es sein sollte. Die Gestirne hatten noch keine feste Ordnung, denn es war erst die Zeit der großen Schritte. Deshalb konnte sich damals auch die folgende Geschichte ereignen.
Der heilige Petrus hatte in seinem Reich einen großen, weißen Balkon. Dieser Himmelsbalkon war aus besonderen Materialien gefertigt. Ein himmlischer Baumeister hatte ihn in seiner besten Stunde aus Alabaster, Kristall und Elfenbein geschaffen und zusätzlich noch mit feinsten weißen Wolken umrahmt. Oft und gern stand Petrus auf diesem Balkon und betrachtete die Welt, die unter seinen Füßen lag. Er sprach dann mit der Sonne und dem Mond, die in goldenen Strahlenmänteln auf dem Balkon standen, um die Erde zu beleuchten. Die beiden sorgten für Licht, damit die Menschen ihre Arbeit verrichten konnten.
Eines Morgens jedoch, als Petrus seine Augen aufschlug, war alles grau und trüb. Er wischte und wischte über seine Augen, doch es nützte nichts, der Tag blieb grau und trüb. Höchst erstaunt, ja besorgt stand er von seinem Lager auf und begab sich auf den Balkon. Er traute seinen Augen nicht: Einsam und verlassen stand die Sonne auf ihrem Platz, vom Mond aber fehlte jede Spur. Und sosehr sich die Sonne auch bemühte und plagte, es nützte nichts. Mit ihrem Mantel allein schaffte sie es nicht, drunten auf der Erde richtige Helligkeit zu machen, es blieb grau und trübe.
„Ja was ist denn los?" fragte der heilige Petrus die Sonne, „wieso stehst du denn hier allein? Wo ist der Mond?" „Der schläft noch" antwortete die Sonne." Verärgert ging Petrus zur Schlafkammer des Mondes. Als er die Kammertür öffnete, hörte er lautes Schnarchen. Der Mond lag schlafend im Bett. Zornig schüttelte der heilige Petrus den Mond. „Was soll das bedeuten? Drunten auf der Erde arbeiten die Menschen schon die längste Zeit, und du liegst noch immer im Bett und schläfst. Schäm dich!"
Der Mond war ganz erschrocken und versprach, sich zu bessern. Eine Zeitlang ging alles gut, doch dann verschlief der Mond wieder und schließlich fast jeden Tag. So lange, bis Petrus ernstlich böse wurde und zum Mond sagte: „So, jetzt habe ich aber genug, du bist ein rechter Nichtsnutz. Ab nun kannst du den ganzen Tag liegen und schnarchen, aber nachts, wenn die rechtschaffenen Menschen schlafen, wirst du allein auf dem Balkon stehen und mit deinem verschlafenen, fahlgelben Licht die Welt beleuchten."
So kommt es, daß seit diesem Tag die Sonne in einem neuen Strahlenmantel allein am Himmel steht und der Mond nur in der Nacht. Und man

kann auch sehen, wann der Mond über seine Missetaten nachdenkt: Immer dann, wenn er sich schuldbewußt hinter den Wolken versteckt.

Josef F. Novak, 66 Jahre, pensionierter Verkaufsinspektor und Artist in Wien

Das kluge Bäuerlein

Es war einmal ein König, der regierte sein Land gut und weise. Das Volk war zufrieden und glücklich. Als der König schon alt war und ihm die Last des Regierens sehr schwer wurde, überlegte er, wem er wohl sein schweres Amt übergeben könnte. Da er keine Kinder hatte, wollte er die Regierung seinen Edelleuten anvertrauen. Gesagt, getan.

Nach einiger Zeit aber mußte er betroffen feststellen, daß die Staatskasse fast leer war. Der König war darüber sehr erzürnt, rief seine Edelleute zusammen und verlangte von ihnen, sie sollten vor dem ganzen Volk erklären, wo das Geld hingekommen sei. Der Vermögensverwalter aber war ein schlauer Kopf und versuchte seinem König die Sache mit einem Beispiel zu erklären. Er sprach: „Hier habe ich einen Würfel Butter. Ich gebe ihn dem Herrn, der neben mir sitzt, in die Hand, und dieser gibt ihn wieder weiter. Wenn der letzte in der Runde mir den Würfel Butter zurückgibt, wird nur mehr ein Teil der Butter vorhanden sein."

Es war so, wie der Verwalter sagte. Da wandte sich der König dem Volke zu und fragte, ob jemand wisse, wie dieser Schwund möglich sei und wie man es besser machen könnte. Ein Bäuerlein aus dem entferntesten Winkel seines Landes meldete sich und sprach zu ihm: „Lieber König, nimm ein Stück Papier, wickle den Würfel Butter darin ein, und gib ihn Deinem Verwalter. Er soll die Butter herumreichen wie zuvor, und Du wirst sehen, es fehlt nichts davon." Das Bäuerlein hatte recht! Das freute den König, und er sprach zu seinen Edelleuten: „Als ihr mir mit eurem Versuch beweisen wolltet, wie es zu diesem Schwund kam, hattet ihr alle fette Hände, und somit seid ihr alle schuldig! Doch beim Beispiel des klugen Bäuerleins blieben eure Hände rein, und es ging nichts verloren." Daraufhin entließ der König die Edelleute und setzte das kluge Bäuerlein in Amt und Würden. Dieses regierte zur Zufriedenheit seines Königs und des ganzen Volkes!

Anonym eingesandt von einem 73jährigen Pensionisten in Traismauer (Niederösterreich)

Bei Familie Teddybär

Ich, die Oma, stand gerade vor dem Konsum und schaute mir die Auslage an. Da klopfte mir jemand auf die Schulter. Ich drehte mich um und war ganz erschrocken. Was glaubt ihr, wer hinter mir stand? Ein riesengroßer Teddybär. Er sagte: „Oma, brauchst nicht erschrecken, ich bin froh, daß ich dich getroffen habe. Du kannst mir gleich helfen. Ich muß für meine Teddybär-Kinder viel einkaufen."
„Ja fein, da helf' ich dir gerne."
Wir kauften Schokolade, Kekse, Obst und für die Teddybär-Mutter eine rote Weste. Dann sagte der Bär: „Jetzt hab' ich aber einen Hunger."
„Na gut, komm, wir kaufen uns eine Jause, Kaffee und Torte mit Schlagobers." Das hat ihm aber geschmeckt. Da wollte er noch eine Torte haben. „Nein, mein Lieber, das gibt es nicht, da wird dir ja schlecht." Da brummte er: „Na dann eben nicht."
Ich brachte den Teddy zum Autobus, kaufte ihm den Fahrschein und sagte: „Laß mir alle deine Teddies schön grüßen."
„Ja, Oma, und danke auch sehr für deine Hilfe. Komm uns einmal besuchen."
„Ja, ich komm' zu Weihnachten, da sehe ich gleich, was deine Kinder vom Christkind bekommen haben."
Im Winter — es war sehr kalt, und es lag viel Schnee — zog ich mir meinen Pelzmantel und meine Stiefel an. Ich ging weit, weit in den Wald bis zu einer Höhle und klopfte an die Tür. Die Teddies machten mir auf und freuten sich sehr, daß die Oma gekommen war. Susi zeigte mir den Puppenwagen mit der Puppe, die immer Hunger schrie, bis sie was zu essen bekam. Der Peter hatte eine Eisenbahn bekommen, die fuhr wie der Wind und konnte pfeifen, Jakob, der Älteste, eine dicke Mütze und Pelz-

stiefel, denn er mußte in der Früh immer die Milch holen, damit die Kleinen ihr Frühstück bekamen.
Auf einmal rief die Teddybär-Mutter: „Essen kommen, der Kaffee steht auf dem Tisch!" Es gab eine gute Jause. Da klopfte es ganz zaghaft an der Tür. Ich machte auf. Was glaubt ihr, wer draußen stand? Ein Rehlein, das zitterte und jammerte: „Bitte, bitte, darf ich reinkommen, mir ist so kalt."
„Natürlich, komm rein, setz dich zum Ofen, du bekommst auch Heu zum Fressen." Nicht lange danach klopfte es schon wieder. Was glaubt ihr, wer jetzt draußen war? Ein Fuchs: „Bitte, bitte, darf ich rein, mir ist so kalt."
„Nein, du bist so ein Wilder."
„Bitte, bitte, ich werd ganz brav sein."
„Na gut, dann komm rein."
Der Fuchs legte sich gleich unter den Tisch und schlief ein und schnarchte ganz laut. Wir bekamen noch Kaffee und Schlagobers. Auf einmal klopfte es schon wieder. „Ja so was, ist denn bei euch überhaupt keine Ruh'?" Ich machte die Tür auf, und was glaubt ihr, wer jetzt draußen war? Ein Eichhörnchen, das zitterte und jammerte: „Bitte, bitte, darf ich rein?"
„Na freilich, du kleines Tschapperl, komm, setz dich zum Ofen, da hast du ein paar Nüsse."
Vom Nüsseknacken war der Fuchs wach geworden: „Ja ist denn da keine Ruh', da kann man ja gar nicht schlafen. Ah, das Eichkätzchen, komm, setz dich auf meinen Rücken." Es sprang hinauf, und wie die Wilde Jagd rannten sie in der Wohnung herum. Der Tisch hat gewackelt, das Geschirr hat gescheppert. Die Teddybär-Mutter hat gerufen: „Aufhören, ihr macht mir ja alles kaputt, da müßt ihr gleich wieder hinaus." Da waren sie sofort wieder still, denn in die Kälte wollten sie nicht.
Na so was, es klopfte schon wieder, wer kann denn das nur sein? Was glaubt ihr, wer draußen stand? Eine große Giraffe: „Bitte, bitte, darf ich hinein, mir ist so kalt."
„Aber das geht doch nicht, du bist ja viel zu groß."
„Bitte, bitte, ich werde mich ganz klein machen."
„Na dann probier's halt." Die Giraffe hat sich ganz klein gemacht, es ging sich gerade noch aus, und sie bekam auch Heu und Apferln.
„So, meine Lieben", sagte ich dann, „ich muß jetzt nach Hause. Es wird finster, und ich finde sonst den Weg nicht mehr."

„Aber Oma", sagte die Giraffe, „ich bring dich doch nach Hause." Der Teddybär-Papa brachte eine Leiter, ich bin hinaufgeklettert, habe mich fest am Hals angehalten, und wie der Blitz ging's dahin. „Auf Wiedersehen!" haben alle nachgerufen, „und komm bald wieder." Im Nu war ich zu Hause.

Hedwig Martinello, 74 Jahre, Pensionistin in Wien

Fuchs und Dachs

Der Dachs, ein kleiner, schwärzlicher, dicker Kerl, fraß sich unter dem Apfelbaum gerade wieder einmal mit Äpfeln seinen Bauch voll und grub sich dann oben im Walde ein erdwarmes Loch, um den ganzen Winter über zu schlafen. Der Fuchs, der immer drüben beim Hühnerstall die Eier stahl und sogar die Henderln lebendig auffraß, tötete auch noch Hasen, junge Rehe und größere und kleinere Vögel. Er war weitum gehaßt. Er schlich sich an seine Opfer immer nur von hinten heran — von vorne war er viel zu feige. Auch die Forellen am Bache fischte er sich aus dem Wasser. Die Tiere hatten vor dem Fuchs sommers und winters und Tag und Nacht keine Ruhe.

Im nächsten Frühjahr trafen sich die beiden wieder. „Servus, lieber Dachs, du alter Gemüsefresser", sagte der Fuchs, „hast du deinen Winterschlaf gut verbracht?" „Jawohl", sagte der Dachs, „es war bis jetzt ein gemütliches Schnarchen im Walde. Und wie ging es dir, lieber Reineke?" „Tja", sagte der Fuchs, „ich schlief nachts wie immer auf offenem Felde auf der Kuppe eines kleinen Hügels, denn ich muß ganz leicht schlafen und sehr wachsam sein. Ein gemütliches Schnarchen wie du kann ich mir leider nicht leisten, denn meine Todfeinde sind Tag und Nacht unterwegs und auf der Lauer und trachten mir nach dem Leben."

Der alte Dachs schlug sich wohlgefällig auf seinen Bauch und meinte, daß er, der Fuchs, das fürchterliche Fleischfressen nun endlich aufgeben solle, damit auch er den Winter gemütlich durchschlafen könne. Nach einigem Hin und Her meinte Reineke Fuchs, daß es wohl am besten wäre, am Stadtrand den Tierarzt Dr. Paul Knoche aufzusuchen, um ihn um

Rat zu fragen. Dr. Knoche wischte sich gerade die Hände mit dem Handtuch ab — er hatte seinem letzten Patienten, dem Dackel Buckeldikkel, eine kleine Schramme am Hinterhaxel verarztet —, da klopften die beiden an. Der Tierarzt hörte die zwei aus dem Wald eine Zeitlang an, aber konnte ihnen leider auch keinen Rat geben. Die beiden hatten nämlich einen völlig verschiedenen Geschmack. Der Fuchs mochte keine Äpfel und Birnen, und der Dachs wiederum konnte nur Früchte und Gemüse essen, aber es graute ihm vor jedem größeren Brocken Fleisch. Und wenn die beiden nicht gestorben sind, dann müßten sie eigentlich noch heute leben — aber es kam anders: Weil der Fellhändler Josef Kratzing unten in der Kreisstadt heuer das Doppelte für die Felle zahlte als sonst, gingen beide, der Fuchs und der Dachs, in eine Raubtierfalle, und jetzt freuen sich die Kinder beim Eislaufen über den schönen Muff, den sie haben, und der Nachbar hat seither endlich wieder einmal einen Topf voller Dachsfett, das für viele Krankheiten gut ist, und von den Haaren ließ er sich ein kleines Bärtchen binden, das jetzt auf seinem Hut neben einer schneidigen Feder eines Schildhahnes steckt, welchen er heuer Ende April mit der Schrotflinte hinter der Drachenwand erschießen konnte.

Hans Gamsjäger, 75 Jahre, pensionierter technischer Fachinspektor in Gosau (Oberösterreich)

Besuch am Abend

Frau Brandner sitzt auf ihrem Balkon. Wie war doch der Julitag heiß gewesen! Der Abend verspricht Abkühlung. Es wird schon dämmerig. Die alte Frau schließt die Augen und döst vor sich hin. Aber plötzlich sieht sie deutlich, wie eine Gestalt sich über den Balkon schwingt und auf der Brüstung sitzen bleibt.
„Hab' ich dich erschreckt?"
„O nein, ich bin immer auf deinen Besuch gefaßt."
„Erkennst du mich denn?"
„Gewiß! Ich werde doch meine Jugend erkennen!"

Seltsam, denkt die alte Frau. Die Gestalt trägt den dunkelblauen Rock mit den breiten Falten und die verwaschene, gestreifte Bluse, die ich so gerne getragen habe — mein Gott, die schwarzen Strümpfe mußten wir in der Handarbeitsstunde bei Fräulein Witt stricken — und die schwarzen Halbschuhe, auf die Mutter gespart hat, weil ich sie mir so sehr wünschte. Ihr Blick wanderte zu dem jungen Gesichterl. Ein wenig blaß war ich halt — blutarm nannte es der Doktor. Aber das Haar war immer voll und braun. Und die breite schwarze Masche, auf die war ich stolz.
„Komm doch näher!"
„Laß mich hier sitzen — du bist doch auch so gesessen."
„Wir hatten keinen Balkon."
„Nein, aber du saßest auf der Mauer in dem kleinen Garten, die hinter dem Vorstadthaus deiner Eltern lag. Erinnerst du dich? Und auf der Mauer vom Nebenhaus saßen die Kinder vom Nachbarn.
„Und ob ich mich erinnere! Mariandl war ja ein Kind aus meiner Klasse. Heini, ihr Bruder, war schon Gymnasiast — was wohl aus ihm geworden ist?"
„Warst wohl ein bißl verliebt in ihn?"
„Ich glaub schon, Heini war meine erste Liebe. Im Winter sind wir auf das zugefrorene Heustadlwasser gegangen, er hat mir das Eislaufen beigebracht. Im Dunkeln sind wir nach Haus gegangen — eingehängt —, und vor der Tür sind wir noch gestanden, weil wir uns immer noch etwas sagen mußten. Ja, der Winter war damals schöner als heute."
„Weil du auch auf ein Kränzchen gegangen bist."
„Sogar auf zwei, weil Mutter fand, daß es schade wär', das schöne Kleid nur einmal im Jahr zu tragen."
„Von welchem Kleid sprichst du?"
„Erinnerst du dich nicht? Aus veilchenfarbenem Taft. Denk dir, es ist mir vor kurzem in die Hand gekommen, was halt davon noch da war, ganz zerfallen, aber die schwarzen Samtbänder halten es noch ein wenig zusammen. Heini — mein erster Kuß —"
„Ich muß dich wieder verlassen. Leb wohl!"
„Nein, nein, geh noch nicht!" Die alte Frau springt auf und geht mit vorgestreckten Armen auf ihre Jugend zu: „Bleib doch noch!"
Als die Nachbarn Frau Brandner am nächsten Morgen in dem Beet mit gelben Ringelblumen unter ihrem Balkon fanden, waren sie sehr erstaunt. „Warum ist das bloß geschehen?" sagte die eine.

„Sie hat nie über etwas geklagt!" meinte die andere. „Es hat ihr sicher nichts gefehlt. Schauen Sie doch nur, das glückliche Lächeln!"
„Sieht aus wie im Schlaf — in einem glücklichen Traum."
„Muß einmal ein hübsches junges Mädchen gewesen sein!"

Annette Richter, 83 Jahre, pensionierte Beamtin in Wien

Die vier Brüder

Es war einmal ein Herrscher, der hatte vier Söhne. Eines Tages rief er sie zu sich und sagte: „Ich bin alt und müde geworden und möchte meine Regierungsgeschäfte gern einem von euch überlassen. Um Neid und Zwistigkeiten zu vermeiden, soll jeder vorerst probeweise meinen Thron besteigen, sodann will ich den Tüchtigsten zu meinem endgültigen Nachfolger ernennen."
Sowohl im Aussehen als auch in ihren Eigenschaften waren die Brüder sehr verschieden voneinander, sodaß der alte Herrscher lange überlegte, wem er sein Zepter zuerst überreichen sollte. Prinz Springinsfeld, der Jüngste, bestürmte den Vater, bis dieser entschied: „Also gut, du magst beginnen!"
Alsbald eilten Herolde mit flatternden Fahnen durchs Land, warfen mit blitzenden Lanzen nach eisigen Schollen, daß sie zerbrachen wie Zukkerwerk. „Was für ein Gepolter!" murrte Familie Maulwurf. „Der junge Prinz naht", jubilierten die Vögel und wisperten die Weiden. Der Bach trug die Neuigkeiten geschwätzig weiter. Ein Meer von Blüten überflutete die Erde und wollte nicht mehr weichen. Da lief das Volk zum Regenten: „Majestät, Ihr habt das Land verzaubert mit Eurem ewig heiteren Lächeln, aber unsere Felder und Gärten bleiben ohne Frucht. Weh uns, wir müssen verhungern!"
„Nun ja", lächelte der alte Herrscher nachsichtig zu Prinz Springinsfeld, „du wolltest die Menschen beglücken und bedachtest nicht, daß sie vom Blütenduft allein nicht satt werden können. Wir wollen hoffen, daß dein Bruder Heißsporn das Regieren besser versteht."
Prinz Heißsporn ließ die Wolkenrösser aus den Ställen springen, holte

die Blitzhexe und die Donnerbuben. Frau Sonne lachte grell auf und versteckte sich hinter einem Gewittervorhang. Erquickt atmeten die Fluren und reiften und gediehen. Die Scheunen und Speicher füllten sich, aber neben dem Erntesegen wucherte auch wüst das Unkraut. Überall wuchsen Kraut und Rüben zu Riesen heran. Die Menschen waren satt zum Ersticken und bewarfen im Verschwendungstaumel die Fenster der Residenz mit prallen Früchten.

„So kann es nicht weitergehen", rief der alte Herrscher erschrocken, „nun mag mein dritter Sohn das Regieren versuchen!"

Prinz Farbensatt war still und verträumt. Er streifte oft stundenlang sinnend durch die Wälder, die er aus vollen Töpfen mit allen Farben überschüttete. Ein Farbenrausch erfaßte seine Sinne, und er wollte seine ganze Liebe zu den Untertanen damit bekunden. Als ihm der Schatzkanzler ernsthaft bedeutete, die Staatskasse könne seiner Verschwendungssucht nicht mehr standhalten, freute ihn das ganze Regieren nicht mehr, und er wurde beinahe trübsinnig. Der Koch bereitete ihm alle Leibspeisen aus Beeren, Pilzen, Nüssen, Trauben und sogar Kartoffeln, aber seine Stimmung wurde immer wehmutsvoller, bis er von selbst abdankte. Das Volk bedauerte seinen Abschied tief.

Der vierte Bruder, Prinz Eisbart, wartete schon lange auf den Antritt seiner Macht. Er wollte sogleich alles einsparen, was seine Brüder verschwendet hatten. Das Sonnengold sperrte er möglichst tief in die Schatzkammer. Er selbst vermummte sich in einen Hermelinpelz, schlüpfte in hohe Filzstiefel und schlummerte im Ofenwinkel. Wenn er schnarchte, hui, da pfiff der Wind aus allen Fugen. Den Menschen tat die Kälte weh, und sie jammerten.

Der alte Regent rüttelte den verschlafenen Prinzen: „Wenn du deinem Volk weiter nichts bietest als Ruhe und Langeweile, wirst du dich nicht beliebt machen. Lade Gäste ein, wie den guten alten heiligen Nikolaus, meinetwegen auch den Krampus dazu. Ganz besonders aber das liebe Christkind und später noch den lustigen Vetter Karneval!"

Und so geschah es der Reihe nach. Frau Holle hatte ständig die Gästebetten aufzuschütteln, da platzte des öfteren eine Polsternaht, daß die weichen Federn nur so wirbelten. So ging es eine Weile gut. Langsam aber schwanden die Vorräte, und die Sorge nistete sich ein. In der Staatskanzlei häuften sich flammende Forderungen und demütige Bittschriften. Der alte, weise Herrscher versammelte daher seine Söhne abermals um sich und sprach: „Da keiner imstande war, das Reich auf

Dauer allein zu regieren, ordne ich an, daß jeder von euch — seinen Fähigkeiten entsprechend — nur auf ein Vierteljahr die Regentschaft übernehmen darf!" Die Brüder fügten sich dieser Bestimmung, denn sie wußten, daß ihr Vater klug und gütig war und stets das Beste wollte. Aber manchmal möchten sie einander doch das Zepter voreilig entreißen, die vier Brüder: Frühling, Sommer, Herbst und Winter.

Therese Wolf, 85 Jahre, pensionierte Bankangestellte in Wien

Wer weiß noch, was ein Hausbuch ist?

Natürlich wir alle. Aber wir wußten auch, wer uns eines macht. Ein neues, ein eigenes. Nicht nur einfach Gedichte, Lieder und Geschichten, auch

Rätsel, Nonsensreime, Limericks,

Sprüche und Lieder zum Vorlesen, Singen und Spielen für die ganze Familie, Spiel- und Schlummerlieder, Stammbuchverse, Kindersprüche — und dazwischen Zeichnungen voll Doppelsinn, Magie und Schaurigkeit.

Richard Bletschacher
Der Mond liegt auf dem Fensterbrett
Ein Hausbuch für groß und klein
Bilder von Klaus Ensikat
Pappband, 272 Seiten, Format 16,5 × 23,5 cm
ISBN 3-215-04371-8

Wir haben von Richard Bletschacher auch „Der Grasel. Chronik eines Räuberlebens" und „Flugversuche. Erzählungen" verlegt.

ÖBV
Österreichischer Bundesverlag